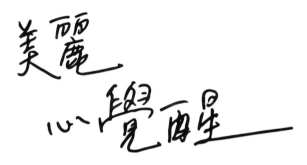

美麗心覺醒

一堂價值上億元的生命成長課
一份天上掉下來的無價贈禮

李蒨蓉 ——————— 著

CONTENTS

Part 2. 愛情

Part 3. 親子

Part 4. 信仰

　　這是一本生命紀實的書寫，跟著蒨蓉活潑有力的文字行走，好像也正經歷著自己曾踏過的成長歷程，是那麼的真摯、扎心與深刻。特別她處在虛華的浮世繪產業與環境中，人人總只想把最好的那一面供人朝貢與膜拜，有幾個人可以像蒨蓉一樣真實，願意敞開生命每個暗角，讓人知道戴著面具背後的生活實況，原來也充滿掙扎與艱辛。

　　只是人的慣性使然，讓我們常常不知如何跳脫現況與改變，快樂被有條件的設定給操控了，心情也隨之起伏上下。順心就開心，不順心就煩心，這樣很難有真實的平安與喜樂，內心的惶惶不安，成為吞噬安全感的關鍵。而多數人真實生命的景況，包括你我，都不過如此，所以活得漂漂浮浮。假的裝久了，就忘了什麼叫真，有一天即使知道問題根源，要面對與突破仍是一大挑戰！需要勇氣、意志、謙卑與信心，對一般人已是不易，對一個活躍在螢光幕前及社交圈的藝人，更是難上加難。

我想認識上帝之前的蒨蓉正是如此，冰雪聰明的她，很擅長分析及找出問題，卻很難靠自己做出改變，只好埋首繼續過著假面超人的日子。直到阿帕契事件，重創她事業、家庭及社交圈，她從山頂被摔落谷底，嚐到人性的醜陋與自私，但隨之，蒨蓉生命也出現拐點，她被逼著必須重新盤整她的事業、家庭與人生。在人看來她就要失去世界對她的華麗加冕，但對上帝而言，卻是她經歷神大能與祝福的開始。

　　說實話，我很佩服她，能從一個活在粉紅泡泡的美麗任性小公主，進入婚姻後搖身變成上流貴婦，當命運將她重重摔下，認識主之後，她居然可以全心抓住神，謙卑順服地拋下包袱、卸下面具、由內到外，全然交託神，這是何等不容易！於是蒨蓉從谷底開始緩緩爬起，一步一步跟著上帝走，雖有挫敗、有眼淚、要服苦，但也因著她單純信靠主的心，而能關關難過卻關關過，如今才能擁有神為她量身打造的專屬幸福！讓我們看見全新的李蒨蓉，內外都美麗無比！

　　我們何等幸運，可以拜讀這本書，或許你跟我一樣，會跟著她的文字一起笑或一起哭，但當感動滿滿之後，別忘了她付出何等代價，才做出了正確抉擇，去相信上帝，讓愛我們的天父為她開新路。人能改變，真的是最大的神蹟。蒨蓉可以，我相信你一定也可以。祝福此書大賣，因為它會成為許多人生命的曙光，只要你願意！

狐獴媽媽

溫芳玲

因為信仰，讓我聽見蒨蓉的體悟

當蒨蓉來找我幫她新書寫序時，我腦中突然出現杜甫的四句詩……「筆落驚風雨，詩成泣鬼神」，「讀書破萬卷，下筆如有神」。杜甫瑰奇的古詩跟一貫亮麗時尚的蒨蓉有何關係？我一時也不知所以，但每當我有神來之筆的靈感，我常會留意是否來自神的感動……然後，我懂了。

「筆落驚風雨，詩成泣鬼神」原是杜甫用來歌頌詩仙李白寫詩的才華橫溢，意境超絕。李白下筆，常常語不驚人死不休，定要驚天動地，後世傳頌！那在蒨蓉身上呢？她當年也寫了一筆驚世駭俗，轟動武林的大事件──「阿帕契」！

這一筆讓她如過街老鼠，眾人喊打！利用一下關係，參觀一下直升機，然後擺個手勢拍照……有那麼嚴重嗎？蒨蓉一開始顯然是不服氣的，這樣瘋狂的被指責也不符合比例原則！彷彿台灣全社會被觸動的反特權及仇富的怨氣，都宣洩在她身上，排山倒海的輿論壓力跟人心現實的眾叛親離，終於把蒨蓉

逼到絕境……

「人的盡頭常是神的起頭」，這句話應驗在她身上。

那一天我接到「狐獴媽媽」溫芳玲的電話，她說她有感動要去跟李蒨蓉傳福音講耶穌，希望我能一起去。雖然我也在演藝圈，但跟蒨蓉並無交集，偶爾會在節目上相遇，僅此而已。但我心中有了感動，耶穌喜歡我們雪中送炭，不要我們落井下石。當天我不但去了，還帶著吉他去，因為神感動我要唱詩歌安慰蒨蓉，而且連詩歌都選好了……「讓神兒子的愛圍繞你」。唱詩時，蒨蓉一直哭，我知道神沒有撇棄她，不但沒有撇棄她，神憐憫她，要拯救她！

「壓傷的蘆葦，他不折斷；將殘的燈火，他不吹滅」
《聖經》馬太福音 12 章 20 節。

與其說，這驚天風雨是蒨蓉惹來的，不如說，下筆寫劇本的是神，祂是編劇，也是導演，祂要藉著這風雨帶蒨蓉進入全新的人生！不經歷風雨，蒨蓉不會找神，生命不會改變！蒨蓉當天悔恨的眼淚感動了天，上帝垂憐……「筆落驚風雨，詩成泣鬼神」！

「讀書破萬卷，下筆如有神」，是杜甫驕傲自負的自我介紹。那在蒨蓉身上呢？當蒨蓉開始尋找生命意義時，我聽說她

開始慕道聚會，也勤讀聖經。《聖經》是全世界最暢銷的書，也是全世界最奇妙的書。《聖經》是神的話，也是上帝寫給人類的家書，裡面有智慧，有啟示，有生命。

幾年過去，我看到蒨蓉開始做見證，我看見一個時尚的貴婦變成福音的使女，我看見演藝圈的明星變成智慧的傳道者，我看見蒨蓉真有不一樣的氣質，我聽見她的體悟！這次，她下筆真的如有神……不，是真的有神！

「讀書破萬卷，下筆如有神」，蒨蓉的平步青雲，蒨蓉的大起大落，蒨蓉的大徹大悟，蒨蓉的峰迴路轉…都比讀破萬卷書來的寶貴！

而這一次，她真的「下筆」寫書了，關於她跟神的書，她的下筆真『如有神』嗎？有多神呢？

讓我們一起看下去……祝福蒨蓉！

華人音樂創作大師
黃國倫

翻一下這本書，
很有可能
因此也翻轉
你的人生！

　　我們對於人生有許多的規畫與期許，就算沒有特別高遠的夢想，心裡多少也有設下想避免的界線。

　　處在這個快速的時代，每日不是正追趕時間就是正被時間追趕著，若沒有意外，我們通常不大會停下追尋的腳步，更別說重新檢視自己的生活，彷彿我們就是坐在一部自動駕駛車裡的乘客，不自覺地就度過了一生。

　　蒨蓉的人生經歷了非常重大（突發）並不在劇本裡的橋段（災難）。這類不在掌控中（也控制不了）的瘋狂事件總讓人感到害怕、失去方向，只是萬萬沒有想到，這場災難卻是一個化妝的祝福，徹底地翻轉了蒨蓉個人以及她的婚姻與家庭！

　　到底是什麼力量能夠把一個看似咒詛的事件變為美好呢？極為真實的是，我相信若不是上帝的介入，這個轉捩點很可能是她人生的句點。

在這本書中，蒨蓉非常坦誠的分析自己的軟弱，我認為這對一位公眾人物來說根本就是不可能的任務！更加可貴的是她也把所學習到的功課毫無藏私的與大家分享！我真心相信每一個人不需要發生重大事故才能夠學習到人生的智慧，

如果你願意聽一個過來人的肺腑之言，便一定可以從中獲益！蒨蓉不是一個完美的人，但她願意承認自己的不足、虛心學習成長，展現出非常獨特的「美力」。請小心！稍微翻一下這本書，很有可能因此也翻轉你的人生！

101 教會主任牧師

黃國倫

被神的愛充滿，
勇於以
滿出來的愛
去愛人！

蒨蓉是我們「信心小組」裡讀經最勤快，對主最渴慕，侍奉最殷勤的姊妹之一！

記得發生「飛機事件」時，不少姊妹們都建議傳福音給她，但老實說，在那之前蒨蓉給我的印象就是：好美、好能幹、好……冷，但《聖經》上說「為甚麼看見你弟兄眼中有刺，卻不想自己眼中有樑木呢？」，一但我們自己戴上了「耶穌的眼睛」去看人，自己跟對方都會不一樣，我越認識她，越能感受她的努力、純真與美好。

小組「恩典餐桌」上，他從不認識主到渴慕主；夫妻、親子間的關係更因此一日比一日親密，雖然她在晚期才參加我們快六年的「信心小組」，但現在如果姊妹們對《聖經》有問題，經常能夠第一個回答對方的就是蒨蓉！如果有人要求代禱，她會當下立刻為對方祝福！若人有需要，她也會立刻站起來擁抱對方、同理別人。

我看著她以極為流暢的文筆，毫不保留一層一層地把自己剝開，相信她絕對是被神的愛充滿，所以勇於以滿出來的愛去愛人！要完成這樣子一本書非常的不容易，除了誠實、勇敢、被愛充滿之外，也更讓人堅信「在人是不能，在神凡事都能」！

STUDIO A 共同創辦人

蔣雅淇

不要因為疤痕而變得堅硬

　　相信很多人都有過這樣的經驗，受傷之後，隨著傷口結痂到慢慢復原，不僅還是會留下傷疤，摸起來還會硬硬的。

　　印象很深刻，我小時候很皮，曾經因為把玩水果刀，不慎在左手大拇哥虎口削了一塊肉，嚇壞了周遭大人，趕緊帶我去就醫。如今，數十年過去，即使傷口已經癒合了，觸感剛硬的那個印記卻還在，並且無時無刻提醒我，生命中曾經發生過那件頑皮事。

　　婚後，剖腹產生下老大，被劃下的傷口，也因為蟹足腫的體質，癒合後長成了一條蜈蚣形狀，讓愛美的我很困擾。直到生第二胎，醫生才好心幫我刮掉當時增生的疤痕，但是一樣，只要曾經被劃傷過就不可能完好如初。

我想表達的是，每個人的一生當中難免都會跌跌撞撞而受傷，差別在於，有的人終其一生都在舔舐傷口，心也因為創傷反應的關係，變得剛硬；有的人則是選擇將癒合後的傷疤，視為一個提醒自己要懂得溫柔謙卑的印記。

　　如何將生命中的每一個創傷，轉化為個人成長的動力，是每個人都要學習的課題，也是我當初開始提筆撰寫這本書的原因。

　　相信很多人對於發生在 2015 年的阿帕契打卡風波，記憶猶新！以身為一個公眾人物的角度來說，阿帕契事件的爆發，確實讓我的知名度攀至人生最高峰，但就個人生命而言，卻讓我陷入前所未有的生命低潮。

　　事發之後，不僅演藝事業全面停擺、被廠商提告求償，連我的家人也受到嚴重波及。先生的公司遭銀行刁難；兩個孩子在學校遭異樣眼光；母親被某些人公開汙名化。

　　在那段看似無盡痛苦的日子裡，內心總是有個絕望的聲音一直不斷告訴我，說：「就這樣子吧！就結束吧！反正妳已經好像無力去做任何事情了。」

　　當時所謂的「結束」，如今想來，指的可能是結束那些我再也無力去挽回的人事物，比方說演藝事業、社會觀感……。

當一個人陷入絕望且自認身處在絕境時，「放棄」反而成了一條最容易走的路，也難怪有句話說，「放棄很容易，堅持卻很難！」但終究我還是選擇了不放棄！

衷心感謝這一路走來，我所遇見的每一個溫暖的擁抱，以及每一個善意的微笑，特別是那些素昧平生的陌生人，你們的鼓勵，讓我感受到自己並未完全被這個社會拒絕。

起初我以為，在4月1日愚人節席捲而來的阿帕契風暴，是老天爺開的一個大玩笑，後來明白了，那其實是祂給的一份厚禮，只是包裝不討喜，目的是要讓我重新省視自己的生命，並且把這段重生的歷程作為禮物，像是一本書，送給每一個此刻正陷入生命困頓中的你。

即使也有人說，用上億元（阿帕契直升機造價）的代價去學一堂成長課也太貴了吧！但回望這一切的改變，我真心覺得，值得！

這段時間很多人告訴我，「蒨蓉，妳看起來比以前更美了！」不只是外在的亮麗，內在也變美麗了，我聽了十分欣慰，是的，這正是我想藉由文字與你分享的《美麗 心覺醒》。

Part 1

成長
GROWING

「Oh my God！」這句話我常常在說，但說歸說，喊 God 喊了大半輩子，最後讓我真正認識 God，卻是一台要價二十三億的直昇機。

如果大家還有印象，2015 年四月阿帕契打卡風波轟動全台，新聞連環報不停，同月內還接連發生車禍事件，一波未平一波又起，重挫我的演藝事業。當時烏雲罩頂，堪稱我人生中的黑暗歲月。我的人生不是踢到鐵板，而是撞到銅牆鐵壁！

過去的我本來就無所不信，加上運勢低迷時，總會依靠民俗信仰，習慣去廟裡拜拜求個平安，但偏偏那時我是話題人物，天天十幾個記者從早到晚守在家門口，攝影機高掛 stand by，讓我根本無法出門！

不難想像隔天報紙斗大標題「李蒨蓉洩漏國家機密，龍山寺祈求解套」算了！我情願龜縮在家！

　　閉關初期，某天有位陌生女子透過經紀人傳話，說要帶我認識上帝。第一次，我以「家裡拜佛不方便」為由婉拒，沒想到對方不死心，發生車禍的當天，又再次透過經紀人提出邀約。

　　怎麼會這樣？我心想著，這是常走的熟悉路線，怎麼會不小心撞到人？！負面新聞再添一則，新聞跑馬燈訊息又都是我！一波未平一波又起，當時我已經神經衰弱到無法闔眼，身心疲憊到眼睛一閉，馬上打冷顫驚醒！

　　人生怎麼可以這麼痛苦！我彷彿在大海裡載浮載沉，一直不斷地嗆水，快要被淹沒了，有誰可以丟個救生圈給我？那名陌生女子的再度邀約，就如同一塊浮木漂過來，讓我拼盡全力想牢牢抓住，因為我太需要有個生命支撐，能讓我喘口氣，以便可以繼續活下去。

　　為了躲掉家門前的大批媒體，我先跟鄰居借了車開出門，用調虎離山之計避開記者的眼目，再依循經紀人給的陌生地址，隻身前往一探究竟。如今回想起來，當時的我真的好大膽啊！壓根兒沒想過這會不會是一個惡作劇？或是變態黑粉刻意設計的局？

那時我真的是身陷絕望，完全無助，根本已經無法顧慮那麼多，之所以會答應前往，當然不是想要認識上帝，而是猜測著這位陌生女子也許是位高人，能為我消災解厄、逢凶化吉？腦海中還曾閃過一個念頭，「我需要準備紅包嗎？」

　　結論是，我想太多了！因為當我按下陌生地址的門鈴，門一打開，迎面而來的是一位皮膚黝黑、笑咪咪的女子，名叫Lisa，她的旁邊還站著知名音樂人黃國倫老師，以及一位慈眉善目的牧師。

　　看到演藝圈的熟識面孔，讓我既鬆了一口氣，同時也感到驚喜。接下來，我們四個人席地而坐，國倫老師開口的第一句話就說：「蕭蓉，妳知道嗎？耶穌愛妳！還有，妳知道嗎？我的出場表演很貴，但今天為了妳，免費！」

　　說完這話，國倫老師便拿起吉他開始自彈自唱，一旁的Lisa、牧師也跟著唱和。我豎起耳朵仔細聆聽，發現他們唱的不是流行歌曲，而是我從沒聽過的旋律，他們說這叫「詩歌」。

　　當時唱的詩歌我早已忘了是哪一首，但心裡被打中的感覺，卻記憶猶新。他們才開口唱沒幾句，我逐漸開始哭得一把鼻涕一把眼淚，累積多日的高張力情緒終於潰堤，用眼淚徹底釋放。

牧師見狀，便說要帶我做「決志」禱告。當下的我哭得唏哩嘩啦，有聽沒懂，也不好意思問，就在心裡想說什麼是決「痔」？跟痔瘡有關嗎？這位牧師怎麼這麼神，知道我有痔瘡困擾？直到聽牧師說，他禱告一句，要我跟著複述一遍，內容大意是「我願意接受主耶穌成為我生命的救主。」我才明白是自己會錯了意。

　　但無論如何，那天我確確實實被上帝的愛所觸摸到！

　　自阿帕契事件發生過後，為了不被外界看笑話，人前我都極力故作堅強，就連遭檢調約談的那天，即使身心壓力都已緊繃到了極點，踏出桃園地檢署，對著大批媒體鏡頭低頭道歉，我仍堅持著不掉一滴眼淚。

　　沒想到，向來好強的我，這天卻莫名被一首溫柔的詩歌所觸動，以至於就算在陌生人面前狂哭，形象盡失，我也毫不在意，因為我的心真的痛到生不如死，糾結的胸口讓我好想尖叫，我好需要一個出口釋放！

　　Lisa 姊妹送了我一本厚到像《辭海》的《聖經》，說是專門給銀髮族看的字體放大版。回家後，此生第一次翻開，我的反應卻是大吃一驚，因為《聖經》裡面記載的不是教條，而是一個個比八點檔劇情還要精彩的歷史故事，此外，詩篇、箴言裡所寫的一字一句，都切中我心！

奇怪了，《聖經》裡怎麼會有一位我完全不認識的神，可以這麼了解我，並透過字句對我說話？本著這樣的好奇心，才引領我慢慢走入教會，進一步認識到上帝是何方神聖。

過往在我春風得意時，總認為自己好厲害，老娘說了算、老娘想做就做！這些「老娘主義」讓我誤以為，生命操盤在我手中，雖然我信鬼神存在，但我又矛盾地認為人定勝天，原來我錯得離譜！

直至這場打卡風波的重擊，情勢一度失控，我才驚覺，浩瀚宇宙中，自己是那麼的渺小和無能為力……

我們可以趕時間、喬時間、但是無法倒轉時間！更沒有人能預知下一秒會發生什麼事，原來人根本無法掌控生命！

Oh my God! 一台直升機讓我終於認識了上帝，當我掉落井底，一線曙光照進來，一雙溫暖的大手慢慢地、慢慢地拉著我爬出黑暗。

人生走到了盡頭，就是認識神的起頭～

　　從小，我感覺自己像是個處處虧欠的孩子，但，到底是欠了誰？欠了什麼？是別人欠我，還是我欠人家？兒時的我，也傻傻搞不清楚。

　　我來自單親家庭。打從有記憶以來，我的世界中就不曾有爸爸的存在。印象中第一次知道爸爸，或者精確地說，看到他的長相，是透過奶奶家中牆上的照片。看著照片上的爸爸，感覺好不真實，如同現實生活中的他，在跟我媽媽離婚後就選擇跳機去美國，長年坐移民監，所以也真的是「遠在天邊」。

　　從出生到上國中以前，我和爸爸就像是活在兩個平行時空，有關他的一切消息，全都是從爸爸那邊的親戚口中得知。直到國三那年，爸爸返台探親，我才得以跟他「相認」。我們認親的過程，沒有像電視裡演得那些父女相擁的感人情節，也

一點都不賺人熱淚。

感覺得出來爸爸對我這個女兒，似乎沒什麼太深厚的情感，我跟他相處起來也有距離，有時甚至會覺得，他離我遠到彷彿我們之間僅有生物學上的遺傳關係。

直到我 20 歲，開始工作賺錢，有了經濟能力，趁著某次到美國出外景的機會，順道到華盛頓去拜訪爸爸。我們父女倆，平均總要過上好幾年才會相見一次，有時爸爸偶爾回台灣，或我偶爾去美東，細數從我出生到現在，四十多個年頭，爸爸和我的見面不超過十次。

成長過程缺少爸爸的陪伴，究竟對我有沒有傷害？原先我以為，既然都不曾擁有過，怎麼會有失去的痛？卻不知道生命中「爸爸缺席」的這件事，在潛意識裡對我的影響有多大。

小時候社會風氣保守，鮮少有單親家庭，再加上我的名字有個「舊」字，頑皮的同學們便愛幫我取錯綽號，叫我「李欠錢」、「李欠揍」、「李欠爹」！這些都還不夠惡劣，在跟同學吵鬧時，甚至還被罵雜種！

小小的我百思不解，心裡有太多的圈圈叉叉，想說奇怪了，上一代的感情糾葛關我什麼事？沒有爸爸又不是我能決定的，那我到底是招誰惹誰，又欠了誰啊？

除了與同學在相處上狀況不斷外，我跟老師之間也很有問題。還記得，小時候上課愛講話，老師處罰我的方式並非打手心或罰抄寫，而是用鮮紅色口紅，將我的嘴巴畫成了一個血盆大口，使我看起來彷若小丑般可笑，更絕的是，還叫我去走廊上罰站。

　　當下課鈴聲鐘響，全校師生從一間間的教室魚貫而出，一堆人爭相在我面前狂笑不止，以及指指點點的模樣，那畫面我一輩子都忘懷不了，感覺被羞辱到無地自容，更被冠上了一個「大嘴巴」的綽號。

　　自此，我對老師這個權威角色的抗拒更為加劇，引發了我叛逆反骨的DNA，我覺得老師們都是壞人！同學們當中也沒幾個好人，所以就算人不來犯我，我也要先發制人！我情願先欺負人，也不要當弱者。更不用說，如果被欺負了，我一定加倍奉還！

　　平常為了展現強人的一面，我也會不甘示弱地跟男同學比賽，比什麼呢？比誰的頭皮屑多！比法就是一手拿墊板接屑，一手不斷用力地搓頭皮，看誰厲害！怎麼會有小女生的行為這麼不得體？哈哈，正是在下本人我也！

　　就讀小學期間，搬家之故，我從原本保守的私立小學，轉到公立國小，雖然說是所「明星小學」，沒想到在那裡，我馬

上學會跟男同學一起飆髒話！某次，又因老師的「不公平」處罰，我把心裡所有的私語化為字句，寫在紙條上，傳給同學看。

實際的內容我還真不記得了，但我想應該是不乏許多髒話吧！好死不死，紙條被老師發現了！當下老師氣急敗壞，公開對全班說：「李蒨蓉將來長大一定是個太妹！」就這樣，才國小四年級的我，就被斷定了未來。

接下來，我會飆的髒話越來越多，才小六，我就會翻牆，不是為了翹課，只是不想浪費時間排路隊回家，歸心似箭的衝動外加一股就是不合群。沒想到這麼衰，第一次爬牆就被抓包！才剛把一隻腳跨上去，牆都還沒翻，就被逮個正著！為了讓大家腦海裡有個畫面，我可以告訴你，那道牆還真矮！

上了國中之後，我的叛逆行徑有過之而無不及。國中有髮禁，我不知道在哪裡可以買到染髮膏，就聽信了偏方，用雙氧水把頭髮染成了紫色。學生裡一眼望去，我的書包有破洞、釘釦，穿的是在西門町訂做的制服，髮色有黃、有紫，永遠不符合校規。

我沒有壞到要被關進少年感化院，但也絕非乖乖牌，翹課、打架、抽煙，樣樣都來。我是老師眼中的問題學生、口中的太妹，媽媽擔心再這樣下去以後沒有高中可以唸，想盡辦法把我從放牛班轉到升學班。

可想而知，一個會拉低全班素質、盛名在外的空降部隊，未轉先轟動，班導對我的眼光，總是帶著敵意與嫌棄，班上同學的態度也大多不以為然。

總之，從欠爹、太妹、大嘴巴、到不受歡迎的轉班生，既然大家都在幫我貼標籤，後來我索性就想，那我也來替自己貼標籤好了！反正書唸不好，那就用外在引人注目的顯性行為，來替自己貼更多的標籤，好像勳章一樣，標籤貼越多，我越得意。

殊不知我的個性好勝、好強、好競爭、怕輸人，卻不知其實自己自卑得很。我只是想要與眾不同，卻用錯了方法，才會在成為藝人之後，把很多事情弄巧成拙、自食惡果。

從小到大，我欠了個爹，讓我心中有著極深的自卑，慢慢轉化成憤世嫉俗的苦毒，成長過程被錯誤的對待，感覺這個世界對我有所虧欠，導致我的眼光看許多人事物，總是「瞧不起」！

誰欠誰，永遠扯不清！因著感覺「虧欠」或是「被欠」，而讓自己心裡永遠有過不去的檻，這樣日子實在是太難過！

在找到信仰後，上帝的愛終於讓我明白，其實自己誰也不欠，也沒有人欠我！我的人生能夠開始重新設定，眼光歸零，心態重整的去感受、去接納、去愛人、去被愛！

　　本人求學過程課業平庸，未曾當選過班長或是最佳模範生，唯一領過的獎叫做「最佳儀容獎」。得獎原因是，小學三年級，那時候星期六是還要上半天課的便服日，本人因為穿著俏麗，被老師選為今日最佳儀容，所以當天可以上台接受頒獎。

　　題外話插播，愛美是天生，從小自我培養時尚感～

　　正當我超級開心終於可以領到人生第一張獎狀，沒想到剛剛下完的一場雨，導致地面濕滑，好死不死，我當著全校同學的面，在司令台前狠狠滑了一跤，然後一身泥濘地狼狽上台領「最佳儀容獎」。

　　我永遠忘不了，當時全校同學的訕笑，以及老師們臉上的無奈神情，彷彿是在說：「拜託！好不容易讓妳上台領個獎，妳也

可以搞砸！」總之，我羞愧到恨不得馬上消失在大家的面前。

轉學後，又因為幾次被老師公開羞辱的經驗，讓我變得越來越叛逆，更對所謂的「權威」人物很感冒。行為方面也變得特立獨行，喜歡替自己貼標籤，標籤貼越多越得意，像是在給自己頒獎一樣。

20 歲那年，我在美國洛杉磯 Melrose Avenue（梅羅斯大道）打肚臍環；在英國倫敦的龐克街穿舌環；在台北的西門町刺青。當時的我覺得，想要在眾人當中突出，光靠美貌還不夠，必須打造出更多個人特色，獨樹一格。

結婚生子後，更為了證明我不是黃臉婆一個，也自許要當個最勁爆的辣媽，於是跑去拍全裸大肚照；生完小孩恢復身材之後，我也馬上搔首弄姿為男性雜誌《GQ》拍攝超性感的封面照，向普天下宣告，「看到沒？老娘還是很辣！」

那種不願意服輸也不甘心示弱的「叛逆精神」，後來也表現在阿帕契事件上。大家應該還印象深刻，事發第一時間，面對各大媒體尖銳質疑我為什麼跑去參觀阿帕契軍機，還發文公開炫耀時，當下我不僅拒絕道歉，還理所當然的反嗆一句：「有這麼嚴重嗎？」

一直到負面輿論排山倒海而來，之後又被桃園地檢署 13

個小時的長時間偵訊，壓力大到一度讓我在地檢署崩潰痛哭，心想自己到底是犯了什麼滔天大罪，會落到如此的地步。

為了平息眾怒，眼淚擦一擦，我拿著檢察官事先擬好的聲明稿，一踏出桃園地檢署之後開始照本宣科，然後深深一鞠躬，正式向外界道歉。整個過程面無表情，一滴眼淚都沒有掉，因為當時的我心裡還是很叛逆，不願承認自己有失當之處。

如今回頭再去看自己當時講的那句，「有這麼嚴重嗎？」說實話，我也覺得自己蠻機車的，換作我是記者或一般民眾，對李蒨蓉這個人的觀感肯定也會不佳。更何況，我其實可以用更柔軟的方式去表述，無須那麼氣焰逼人。

以前的我為了突顯與眾不同，總是用尖銳的方式呈現高調，直到人生發生了一連串的衝撞，踢到鐵板，才慢慢學習到**不用當刺蝟，也一樣可以保有個人特色。**

曾經看過一篇文章講說，總是用全身刺來自我防衛的刺蝟，其實也有柔軟不帶刺的部位，那就是肚子。我覺得自己也是一樣，以前雖然因為叛逆會到處刺傷人，卻依舊保有真誠溫柔的一面，只是在現實生活中比較少展現。

肚腹是最敏感的地方，不輕易露出弱點是動物的本能，就像家裡養的小貓小狗，一定是對主人充滿安全感，才會四腳朝

天，擺出「投降」姿勢。

也許過去的我因為害怕，不斷地用「刺」武裝自己，保護自己！現在好多了，我慢慢學會以恩慈待人。畢竟無論是想要維持同性友誼，還是經營一段親密關係，乃至於親子關係等等，若總是用刺蝟的姿態示人，彼此之間怎麼靠近呢？

試想，兩隻刺蝟互刺對方，如何相愛？尤其是在親密關係當中，我們常認為示弱就是輸了，所以在與另外一半吵架時變得得理不饒人，不願先低頭道歉，導致關係越來越惡化，殊不知，贏了道理卻輸了關係，得不償失。

《聖經》箴言說，「**驕傲在敗壞以先；狂心在跌倒之前。**」

那個「狂心」兩個字，跟我在本文所要說的「叛逆」概念類似，都是一種傲視一切、目中無人的態度。

試問，成年的我們，是否還在用青少年叛逆的態度過人生？那些不願意輸、不肯放手的任性，輸不起、偏行己路的固執，讓我們在人生的道路上，走得跌跌撞撞，遍體鱗傷。

叛逆，不是青少年的專利，我們都需要收斂那種自以為是的驕傲、狂心，免得像我小時候上台領獎一樣，還沒領到獎就先在眾目睽睽之下跌了個狗吃屎。叛逆不成，反而丟盡了臉。

　　記憶中，從小我就經常與館子為伍，餐館一家吃過一家，很多同學們沒吃過的好料，對我來說根本就是家常便飯。

　　可以有這樣的好口福，是因為我有位年輕漂亮的媽媽，約會不斷，讓我這個小電燈泡能跟著到處吃好料、上館子見世面；但沒有約會的日子，家裡吃的就很簡單，因為媽媽並不擅於廚藝，會做的菜色並不多。

　　但媽媽令我印象最深刻的料理，卻是每天早上醒來，餐桌上等著我的那一顆荷包蛋！這可不是普通的荷包蛋！刻意拿捏的五分熟，一口咬下，中間的蛋黃爆漿而出，搭配荷包蛋周圍那略帶焦黑的一圈蛋白，吃在嘴裡真的是又香又脆，滿口濃郁。那滋味，我至今難忘。

這，就是我心中「媽媽的味道」！

就讀國小的六個年頭裡，每到午餐時間，對比著同學們幾乎人手一個媽媽準備的鐵盒便當，而我手中卻握的是一張百元鈔票，大搖大擺走進學校對面的麥當勞，榮登同學們口中的「有錢人」。

你要想想那個年代，一個便當只要四十元，我卻能每天坐擁百元預算，餐餐吃麥當勞，說有多奢侈就有多奢侈，同學們都在肖想著瓜分我的薯條。每當我大口咬下漢堡，品嚐著鮮美多汁的肉排在嘴裡滾動的滿足，薯條一根接一根，我不僅是嘴巴滿足，我的心態更是好得意，覺得自己好了不起，心想同學們真可憐，只能吃便當忍受蒸便當的飯菜味。

但如今回想起來，當年真正值得同情的人，其實是我。沒有飯菜香的溫暖，單親家庭也沒有人多的熱鬧，說穿了，我就是一個窮到只能每天吃麥當勞的小孩。這道理就像現在人所說的「窮到只剩下錢」，表面上招搖風光，實際卻活得很可悲。

而且，不知道是不是受到媽媽不擅於廚藝的影響，小時候在學校上家政課，我也是老師眼中沒出息的庸才。

有次家政課學做三明治，我被指派負責切吐司，因為切邊切得太用力，挨了一頓罵。當時的情況是，老師一見到吐司被

切得七零八落，便高分貝地問説：「這是誰切的？怎麼切得那麼醜！」

「老師⋯⋯」我畏畏縮縮地舉起手，在全班同學們面前承認，「是我切的⋯⋯」

發現是我之後，老師當場開罵，幾近羞辱地説：「你是女泰山嗎？還是大力士？切個吐司幹嘛那麼用力！切得這麼醜，以後一定嫁不出去！」接著便引起全班一陣哄堂大笑，而那女泰山、大力士的頭銜，還自此跟了我好一段時間，成為大家的笑柄。

但我有什麼辦法呢？從小到大，家裡的餐桌上未曾有過一桌菜，家裡沒人教，我自然也沒機會學。長大後，回想跟先生遠距離的戀愛期間，考量當時他長時間在上海出差，我義不容辭的飛到那裡當起了「短期台傭」，照料他的起居飲食。

為了力求表現，我還燒了人生中的第一桌菜。從來沒有握過鍋鏟的我，異想天開無師自通，以為自己可以做出一道很厲害的「三杯雞」。我跑去超級市場買雞，卻傻傻地不知道原來雞肉還有分雞胸、雞腿與切好的雞塊，便興高采烈的買了一隻全雞回家自己剁。

剁雞時，就如同在宰雞一般。當時也不知道我在俗辣什

麼，還一面剎雞、一面唸唸有詞，唸著什麼阿彌陀佛，自以為可以幫那隻雞超渡。

最後，忙活了一整天，從不曉得該如何剝大蒜的我，終於燒出一桌同款菜「色」。意思是，每道菜的顏色都一樣！老公回到家之後，很捧場地吃了兩口，當了我可憐的白老鼠，因為從他的表情可以很明顯的看得出來，同色菜，不好吃！哈！

那次經驗後，我才深深體會到，原來燒菜真的是一門學問。就算看食譜跟著做，本身沒有概念，絕對會手忙腳亂！想當年在我約會的年代，還沒有 YouTube 視頻呢！

結婚後，有了自己的家庭，不希望自家餐桌上永遠只有一顆荷包蛋，懷老大的時候，我投資高額學費，挺著快卸貨的大肚子拜師學藝，去上台灣知名大廚代表人物傅培梅女士的正宗接班人——程安琪老師的一對一烹飪課。

一堂課長達 5 小時，老師擔心我站太久會把小孩生出來，總是貼心地問：「要不要坐著休息一下？」，在上課過程中，聽老師講課，她總是說：「我媽媽教我做這道菜，是怎樣怎樣……」，我不禁心生羨慕，心想有位廚藝高超的母親，真是幸福！

透過幾堂程安琪老師的課，多少讓我對烹飪有了基礎概

念。如今，我的菜色能如此秀色可餐，還可以靈活變化剩菜，當然，我不敢自誇是箇中好手，但每當我看到先生和兩個孩子圍桌吃飯，那種畫面就是我心中莫大的成就與滿足！

朋友們，在你心中，什麼是你最懷念的味道？

現今隨著科技進步，餐點外送服務越來越便利，我的周遭不乏職業婦女朋友，總是習慣 e 指搞定全家人的一餐，媽媽們就算再忙，可別因此忽略了自家餐桌上的溫度！別太苛責自己，無需滿漢全席，沒有人說一定要大魚大肉才是幸福，重點是你想留給孩子的是哪一款「媽媽的味道」？

別讓自家的孩子窮到只能每天滑手機點美食外送平台，哪怕是簡單煮個湯麵，相信孩子吃起來都能感到母愛滿溢。

最後，特別鼓勵所有的父母親，不要因為工作忙碌而忽略了和孩子吃晚餐的時間，孩子在學校一整天學了什麼？和同學之間的人際關係如何？晚餐是你能與孩子最自然交心的 timing，千萬不要錯過這段最重要的交流時刻！

餐桌上開口談心，一家人分享愛、凝聚情。

我們都是缺愛的寂寞人

　　從小我就是一個保護色很強，不好惹的人，因為這樣的個性使然，我自然也不會是長輩眼中那種文靜乖巧的小女孩。

　　小學二年級我就當起了鑰匙兒童。放學回到家，閒來無事，我不是去玩什麼扮家家酒（因為也沒有伴可以陪我玩），而是突發奇想，跑去浴室接著一桶一桶的水，倒在客廳自製游泳池，還玩得不亦樂乎。

　　可想而知，媽媽晚上回家看到客廳莫名其妙淹水，整個人有多抓狂，我也因此換來了一陣毒打。媽媽年輕時，每次打我都是毫不手軟，打完之後再秀秀，讓我小小的心靈受創後，傷口還沒有處理好，就立馬貼上 OK 繃，一片一片的掩蓋住我心裡的傷……

成長

我自得其樂的方式很奇怪，想要幫忙做家事，卻是越幫越忙，洗碗時不小心打破碗盤，趁著大人不注意，我就藏在廚房流理台底下，等到有天媽媽掃地才會被發現。

　　我就是這樣的一個小小孩，看似早熟又獨立，一個人在家就不斷自找樂子，也常常會給大人們製造一堆麻煩。為了排解寂寞，我還在床邊堆滿了一堆絨毛娃娃，成為「假想朋友」環繞著我，每一隻我都替他們取了名字，無聊時就跟他們說說話。

　　我有一位關係非常親的表姊，我們倆個都是獨生女，所以感情特別要好。媽媽常帶我去阿姨家玩，每次離去時，我都會抱著表姊的大腿又哭又鬧，死也不肯走，因為很怕回到家面對一個人的寂寞。

　　求學時期，我更是渴望同儕間的人際關係互動，但高傲的個性，讓我變成了一隻刺蝟，明明渴望別人的靠近和擁抱，卻又總是將人刺傷。直到後來，我才發現，自己高傲的背後有著極度自卑，因為害怕被拒絕、被傷害，所以築起了一道道的高牆保護自己，但也因此阻擋他人接近我的機會。

　　當我明白了這一點，發現自己需要趕走這一切的恐懼。如果我想要得到，那就要學會先給予；如果我想要被愛，我得要學會先愛人……。人類本來就是群居動物，所以在家裡我們需

要家人、在學校我們需要同學、在職場我們需要工作伙伴，其實，我們都是缺愛的寂寞人。

這也就是教會生活之所以吸引我的原因。

在教會裡，讓我看見了彼此相愛的美好，彼此之間雖然沒有實際上的血緣關係，但因著我們都有一位共同天父，上帝，彼此互稱弟兄姊妹，彷彿有股源源不絕的愛，串連著我們！

阿帕契打卡風波時，很多人不是意圖把我打得更趴，要不就是冷眼旁觀，更別說過往熱絡的朋友刻意劃清界線，就連我走在馬路上，陌生人投以敵意的眼光，都讓我感覺自己是隻過街老鼠，人人喊打！

反觀教會的弟兄姊妹，與我素昧平生，卻敞開雙手擁抱我，不斷地用話語安慰我、鼓勵我，讓我知道一切都會過去。

盛情難卻，被愛的當下，我還一時不習慣，我心想，你們無法體會我心中的苦，怎麼知道這一切終將會過去？未免說得太輕鬆！幹嘛假惺惺地來愛我？

我無法用世界的眼光去解讀在教會裡的喜樂氛圍，原來就是這麼單純，真的有人願意花時間為我禱告，真心希望我好，祝福我平安！祝福我快樂！祝福我雨過天晴！

現在的我也懂了，若是渴望被擁抱、被愛，就要先拆掉自己心中的那道防衛高牆，唯有不再當刺蝟，並且學習主動先去愛，我們才能夠感受到彼此的溫度！如此一來，與他人之間，才會有愛的流動。

身為藝人，不受朝九晚五的時限，平日下午，心血來潮我還會自己一個人跑去看電影，特別是沒人敢看的殭屍片，現在的我，不再怕寂寞！這是我自得其樂的休閒嗜好。

在教會裡，看到慌張不安的陌生臉孔，彷彿看到過去的自己，身為過來人我會主動過去自我介紹，給對方一個深情擁抱，我別無所求，只是知道，我們都是缺愛的寂寞人！

親手足 天上掉下來的

小時候的我經常獨來獨往，貌似獨立，但其實心裡一直很羨慕大家庭，家人之間的感情融洽。比方說，過年守歲的時候，家人就會聚在一起玩牌、聊天、圍爐，一起歡度年節或是彼此有個照應。

我家向來欠缺這樣的氛圍，因為我媽跟手足不親，彼此沒有什麼往來，大家生得少，上一代不聯絡，下一代也沒啥交集；反倒是我奶奶那邊的家族氣氛比較熱鬧，凝聚力也比較強，所以我蠻喜歡往那邊跑，但也僅止於國小階段（媽媽忙就把我交給奶奶照顧），後來上了國中，三餐自理沒問題，這樣的互動也就慢慢減少了。

出社會工作賺錢後，第一次到美國找親生父親，和同父異

母（爸爸和第二任妻子所生）的弟弟見面，我才意識到自己真的有「親手足」這麼一回事。

弟弟的年紀小我 8 歲，但老實說，起初我不怎麼喜歡他。那次去美國找爸爸，三層樓高的獨棟房子，我睡在 3 樓，當時我已經是 MTV VJ，才讀國小的弟弟就一直上樓找我，試圖拉近關係。

這對我來講是很不習慣的一件事情！從小當慣了獨生女，對於弟弟這個角色，多少會有一些排擠、嫉妒跟競爭，覺得他根本就是半路殺出來的程咬金，所以那時對他很不客氣。回台灣之後，本來跟爸爸就沒有什麼聯繫，跟弟弟當然也就形同了陌路。

但妙就妙在，我這個姊姊明明對他不太友善，多年後，弟弟想要來台灣玩，第一個聯繫的人竟然就是我！

得知這個消息時，我第一個反應是心想，「奇怪了，你來找我幹嘛？」因為身為姊姊的我，總不能免俗得帶觀光客弟弟去吃一些知名美食，或是走訪一些知名景點。

那時候我有些膚淺想法，總覺得弟弟一定是因為我有著明星光環，可以帶他吃吃喝喝，讓他走路有風，才會一天到晚黏著我，帶他去夜店走跳不用排隊，吃奢吃簡都是我買單，反正

他就是白吃白喝。縱使對於當下的景況心中有很多狐疑，但想到弟弟從美國遠道而來，好像不理他也不行。

不知道是不是我這個姊姊招待得太好，在那之後，弟弟幾乎每年都來找我！我快發瘋了！當時的我想都沒想到，因著相處機會的增加，我們的手足之情竟也開始慢慢滋長。

弟弟來台灣很多次，隨著年齡增長，我們之間開始有些心靈層次的對話，漸漸地，無論是他對我還是我對他，感受都開始出現變化。有次，他有感而發地說出：「We are the only sibling.（我們是彼此唯一的手足）」時，我的內心更是激動不已。

的確，我們兩個之間流著一半相同的血液！

這種情感變化真的很微妙！從一開始很不解他為什麼要主動來找我，到後來感情好到宛如同父同母的親姊弟，完全是我始料未及，就連現在寫到我們之間的手足之情，我也會情不自禁地掉眼淚。

我很感動！從小我就是一個人，很寂寞，沒想到他也是一樣，我們是同病相憐。至此我才明白，原來他頻頻來找我，不是為了滿足物質方面的需求，或是想攀附姊姊的勢力，只是真的為了尋求一個情感的歸屬或連結，所以後來我常覺得很感恩，雖然爸爸沒有給我任何東西，卻給了我一個弟弟。

我對弟弟的情感已經深厚到，前幾年去美國探親，爸爸一直交代我要好好照顧弟弟，我聽了其實心裡很不是滋味，覺得失望又挫敗，甚至感到難過和受傷，心想我也是你的女兒耶，你未曾養育我，沒有補償就算了，卻一心一意只有兒子，這麼重男輕女，難道我就這麼一文不值嗎？

　　但氣歸氣，當我再回頭想到弟弟的時候，又會發現人生真的是「有失就有得」，我「失」去了爸爸的愛，卻換「得」了一個貼心的手足，每每想到這裡，我的心就會得到極大的安慰！

　　現在，整個情況大翻轉！比如弟弟告訴我什麼時候要回來台灣，我會在數個月之前開始規畫，禮拜一要帶他去吃什麼、禮拜二要吃什麼……整個超心甘情願！而且很興奮也很期待他的到來。

　　每次弟弟來台灣，除了到處走走看看，有時他也會在我們家坐一整天，跟孩子們打電動，或是賴在沙發上睡個午覺，非常融入我的家庭生活。而他畢竟是個大男生，對於感情也較難以啟齒，所以對我的愛都是用行動展現。每次他來台灣，尤其是近年來這幾次，離別前都會把我抱得特別緊，感覺很捨不得離開。讓我聯想到當年的小蒨蓉，也是捨不得離開表姊家。

　　也許這年頭，你可以花錢買到很多朋友，但是上天給你血

緣之親的家人，你無法選擇。

　　總之，弟弟的出現不僅讓我明白了「有失必有得」的道理，我的人生也因為有他的參與，變得更加豐富、圓滿、熱鬧。

　　對我而言，我的 family tree 多了一根粗壯分枝，我期待開花結果、生養眾多，大家庭的歡樂！

　　親愛的朋友，那你呢？你和家人之間的關係又是如何呢？好久沒和兄弟姊妹聯絡了嗎？發個簡訊問候吧！好久沒和爸媽吃飯了嗎？鼓起勇氣約約吧！不需要什麼特別理由，just because we're families!

薯條比粉絲重要

少年得志，究竟是幸還是不幸？

話說在我十歲那年，媽媽牽著我的手在忠孝東路逛街，走著走著，突然有位星探大叔迎面而來，向媽媽打過招呼後便蹲下來問說：「小妹妹，妳想不想要拍廣告啊？」

倘若相同的事發生在現代，恐怕是詐騙，單純的八〇年代，許多明星不管有才沒有才，往往就是這樣因著外表，而被發掘的。

從茫茫人海中特別被挑選出來，一股優越感油然而生，讓我從小就覺得自己跟別人不一樣，靠著一張 camera face 躍進螢幕，彷彿命中註定。

順理成章進入廣告圈，輕輕鬆鬆拍了人生第一支電視廣告，我才開始慢慢覺得，哇！當廣告童星還真是不錯，既好玩又有錢賺。升上國、高中之後，雖然當時有升學壓力，我照樣開心從事模特兒工作。一個平凡素人常常出現在電視上，這樣的經歷，也讓我在校園裡特別受到矚目，算是一號風雲人物。

　　本人不及 170 的身高，無法走長腿路線，在當年模特兒界，我只能走平面，即使腿不長，但靠著一張小臉，時常被人誇讚五官精緻，攝影師都很喜歡，所以主攻胸部以上，尤其是臉部特寫，我常被虧，主播命，靠臉吃飯，不用站起來！（這句話恐怕現今已經不適用了！現在好多主播穿著迷你裙、踩著高跟鞋，全身入鏡。）

　　廣告 case 多，錢自然也就賺得快。你能想像嗎？九〇年代，當我還只是個高中生，我不僅可以養活自己，也因為有「消費上的需要」，媽媽還特別辦了一張信用卡附卡給我使用。我逛名牌店，出手一刷就是破萬，我的眼睛眨都沒眨，反倒是一旁的店員看傻，心想哪來那麼闊氣的小女生。

　　那時候，我覺得自己真是了不起！周邊同學都是只能跟爸媽拿零用錢的窮學生，甚至如果有人想買東西，會先跟我借卡刷，欠我的錢，以後再慢慢還。我可不一樣喔！還沒有 18 歲，我就能賺錢，可以隨心所欲地買東西犒賞自己。每次上課也都是人在心不在，因為年輕悸動的「心」早就飄到九霄雲外，憧

憬著未來，並且堅信自己以後一定可以幹大事，所以總是傲視眼前的一切人事物。

因著驕傲，學生時期，我的人際關係並不好，但我安慰自己，高處不勝寒，你們這些窮學生根本不懂「明日之星」的煩惱。我也假裝自己不在乎，但其實內心頗為寂寞，卻又無人可訴說。

為了更加引人注目，我刻意讓自己做什麼事都很高調！

17 歲，高中畢業前夕，隨興跟著同學一起去報考 MTV 的本土 VJ 徵選活動，全台灣六百多個人搶十個名額，一路過關斬將到決賽，一腳踩進眾人欣羨的演藝圈。

我還記得初次登台，自己穿著一條粉紅色皮褲，外加一個同色系的毛茸茸耳罩，但其實那天的天氣熱得很……由此可見，用高調的外表來引人注意，一直是我慣用的伎倆。

我在演藝圈的發展，堪稱順遂，不僅可以跟綜藝大哥們一起主持節目，許多活動商演、品牌代言也接踵而來。隨著外在聲勢節節攀升，我的傲氣像是一顆氣球被吹得越來越大，大到讓我看不見自己真正的模樣，也讓我開始目中無人，總覺得身旁的人都是又土又俗，不像我有自己獨特的風格。

加上第一份工作是擔任 VJ，在螢幕上要常常烙英文， yo yo check it out ！被許多人誤會我是 ABC。其實我不曾出國留學，只是從小喜歡聽西洋音樂、看英文雜誌，沒喝過洋墨水也敢開口講，我還懂各大名牌，A-Z 的牌子我都可以唸出來，因為我從小就要用好東西。

　　我講話的速度快到像機關槍，嘴巴虧人不留餘地，即使外傳李蒨蓉難搞、機車，我也不以為意，因為我覺得是你們外行人不懂，問題不在我。老實說，在演藝圈我也沒交到什麼朋友，相由心生，所有的不屑通通反映在我臉上。

　　總之，無法抵擋的星運讓我少年得志。光是從事 MTV 的 VJ 工作，年輕世代人人羨慕的夢幻職業，採訪影視紅星還能賺錢！很快地，我馬上賺到人生的第一桶金，不但輕鬆月入二十萬，才 20 歲，我就入手了第一部百萬名車。

　　那時候的我甚至心高氣傲到，為了談戀愛可以放大牌女歌手鴿子。當時的情況是，她受到前一個錄影行程耽擱，無法準時抵達 MTV 接受專訪，但我也不想冒著讓男友不爽的可能而延遲下班，所以包包拎著我就閃人，留下一臉錯愕的製作人。

　　你能想像嗎？她的每一首歌我都會唱！我不是吃了雄心豹子膽，而是驕傲與任性蒙蔽了我的心！

成長

還有一次，收工後跟友人在影城吃薯條等著電影開演，吃到一半突然有人跑過來問我：「請問，妳是李蒨蓉嗎？可以跟妳要簽名嗎？」我一臉冷冷地回應：「我下班了！」然後低頭繼續吃薯條，有別於現在藝人要時常在粉專上與粉絲互動。當年大頭症的我，竟然把吃薯條看得比粉絲還重要！根本就是我行我素到完全忽視，身為公眾人物該要有的同理心與正面回應，我怎麼可以驕傲到潑對方一桶冰水？！

諸多往事宛如一幕幕的電影，時不時就會投映在我的心頭。尤其是，阿帕契事件發生之初，夜深人靜時，我常會捫心自問，李蒨蓉何以會變成今天這樣的李蒨蓉？然後我才明白，喔！原來是「少年得志」惹得禍！

如果當時的我，能夠明白，從模特兒進軍到演藝圈，這一切冥冥之中的星運，不是自己掙來的，而是「上天賞賜」的，也許我才能夠有顆「感恩的心」，去珍惜、去維護我所擁有的。

　　經營美妝事業，最怕碰到的就是被消費者「退貨」，除了營業上的成本耗費，被退貨最怕的就是，商品品質出狀況！

　　而這也讓我聯想到了，年輕時當模特兒試鏡也是常常被退貨，出道後又因為不夠白、不夠高，錯失許多機會。

　　雖然進入演藝圈這條路，我算是走得非常順遂，星運亨通，但比起那些個高、腿長、膚色白皙的同行業模特兒或是女明星，我就真的是略遜一籌。

　　單親家庭造就我早熟的個性，也給了我一張老人臉，小五初經報到，我總是比旁邊的女同學看起來大好幾歲。學生時期擔任平面模特兒，因為一張老人臉，舉凡彩妝品、保養品相關

的平面拍攝，經紀公司都會發我去試鏡。

甚至高中的時候，拍攝某品牌咖啡的電視廣告，我還出演電視知名製作人王偉忠先生的「同事」呢！偉忠哥年長我整整21歲，可見我真的是一張老人臉，放著等！

無奈，當年沒有什麼修片技術，加上那時候只是個剛發育的黃毛丫頭，論氣質、膚色都實在無法跟那些雙十年華的職業模特兒比。那時的我皮膚黝黑，臉上長滿青春痘，每顆痘痘又紅又腫，裡面包著膿，一張痘痘臉，想想看，有哪個彩妝或保養品廠商敢錄用？

當時為了不讓青春痘成為我星途上的絆腳石，國二時，媽媽為了投資我這位明日之星，還下重本添購一整套的知名保養品給我，所以本人美容教主的封號並非浪得虛名，姊，從小就知道什麼是好東西。

可惜昂貴的保養品也救不了我的臉，無論擦什麼、貼什麼通通都沒有用，青春期會長痘痘就是會長，要不然怎麼會叫青春痘呢？

進入演藝圈之後，如先前所言，總是因為膚色和身高的關係，讓我錯失許多機會，身高不夠沒辦法配男主角，無法拍電影；皮膚不夠白，沒有說服力，無法接代言。好不容易等到某

年，終於接到一家保養品的面膜代言，第二年續約的時候，廠商還特地拜託我說：「蒨蓉，妳可不可以變白一點，因為修圖很難修。」

在「一白遮三醜」審美觀當道的情況下，像我們這種擁有健康小麥膚色的女明星，還真的是很難混啊！偏偏我愛往海邊、戶外泳池跑，哪裡有陽光，我就站在那，時常這麼一曬，皮膚變得更黝黑，也難怪廠商會忍不住抗議。

話說從事演藝工作，說要不配合主流審美觀，還頗有難度。我記得以前有段時間很流行接髮片和配戴瞳孔放大片，我也和大家一樣盲目跟風，搞得我無法常洗頭，容易飄出油頭味，明明沒近視，還要硬塞鏡片貼在眼球上，愛美不怕弄瞎眼。後來流行種睫毛，取代傳統睫毛膏、黏貼假睫毛，省時又省力！我也不免俗地跑去種，但我跟你們講，睫毛長雖然美，等掉毛脫漆時，還真醜！而且淋浴、洗臉時超痛苦，總是必須小心翼翼的，無法暢快搓洗！

感謝高科技！靠著修圖軟體，現在只要拿起手機簡單自拍，秒瞬間素顏也變成上完妝，還能改變髮色哩！但後遺症是，過度依賴美肌功能，無法面對沒有濾鏡的真實自己！

有時我也會想，在盲目跟風的情況下，真實的自己到底去了哪裡？尤其是現在醫美當道，很多女生也會跟風去做一堆微

整形，或是進廠大維修，整形後好像有變美，卻變成了一張「公版臉」，真的有比較好嗎？

現在的我，對於跟風這件事的看法，**成長過程中的各種嘗試，無可厚非，但嘗試過後，還是要慢慢找出一種讓自己感到自在，同時也頗受他人好評的風格。**

以我自身為例，以前對自己不是很了解，加上自信心不足，就會覺得別人有什麼，自己也要有什麼。譬如說姊妹淘有什麼名牌新款，我也一定要跟進，否則就會覺得自己不是所謂的「人上人」。

現在，放下了外在的包袱和累贅，買東西時的最主要考量變成適不適合，或是符不符合自己的能力範圍。Maybe I want it but I don't need it. 歸類 Wants and Needs，面對想要但不需要，或是負擔不起的東西，我也會大方坦承自己買不起，沒什麼好丟臉。

這是一種「好自在」，不用再刻意把自己放在什麼「人上人」之列，或者用什麼品牌來 label 自己。尤其是年過四十後，我已經很清楚自己穿什麼最好看、最舒服，無需像以前那樣追求百變或裸露風格，一樣可以很吸睛。

我向來喜歡花朵圖案，我喜歡這種 feminine 女性化的溫柔

感。比起小碎花，我發現大朵花瓣穿起來更有特色、又好看，所以大家會發現我有很多不同款的花卉裙、洋裝。

個子不高的我，也慢慢學會用高腰偷撇步，我的下著款式，幾乎清一色都是高腰褲、高腰裙，藉由視覺上把下半身的比例拉長，到現在我還是會時常聽到人們對我驚呼：「我以為妳很高，怎麼本人這麼小？怎麼跟電視上差這麼多？」，「小」是客氣了，面對如此評價，我不會多想，我覺得都是誇讚。

總之，在付出不少學費與慢慢摸索後，我漸漸**找出適合自己的穿衣打扮風格，避免盲目跟風的個人特色，如此一來，即使膚色沒變、身高依舊，我一樣可以活出自己的真風采。**

我終於搞清楚了！我很常被退貨，不是因為我這個商品不夠好，而是不符合消費者所需，在不同市場裡，一定會有不同消費者的欣賞眼光！

一撕再撕的 聯絡簿

完美主義或許不會遺傳，但絕對會耳濡目染！不若當今，學校老師要跟家長聯絡事情，交代功課，幾乎都是透過 email，我的信箱總是處在被 Google Classroom 炸滿的狀態。如果老師來信，看完之後，我也是敲敲鍵盤，把要回覆的內容寫一寫，根本不用考慮什麼字跡工不工整的問題。

但將時間拉回小蒨蓉還在就讀小學的時候，在那個年代，事情可就沒這麼簡單了！

當時，學校老師和家長之間的溝通管道，完全是靠著一本「家庭聯絡簿」，然而全班應該只有我，幾乎每個月至福利社報到，添購全新的家庭聯絡簿。

為何？因為我有位追求完美主義的母親，即使本身字已經寫得很漂亮，只要寫一寫發現哪個字不夠美，或是稍一有誤，不想用立可白修改，唰的一聲，聯絡簿的那一頁就會被她給撕下來，揉一揉丟進垃圾桶裡。

　　然後回頭，媽媽又繼續重頭開始寫起，寫著寫著遇到上述的問題，一樣再將那一頁撕下來作廢。她所追求的標準就是不能有錯誤、不能有零亂，不知道是強迫症也好、完美主義也罷，總之印象中，媽媽寫聯絡簿的時候，總是一撕再撕。

　　一旁的我，小小的心靈始終無法理解媽媽在堅持什麼，也不知道這件事情在潛意識裡對我的影響有那麼深。

　　長大後我發現，自己在很多事情上也跟媽媽一樣，有著莫名的堅持和完美要求。比方說，如果能夠打字，我就絕對不會用寫的，因為電腦字，絕對比我的筆記好看；若是用寫的寫錯了，我一定會換紙重新再寫一遍。

　　在家請客的時候，我也有些莫名的堅持，從餐桌擺設到桌椅的安排，乃至於一些很小的裝飾細節，我都有著一定的要求，若是不小心亂了或是原先設計好的色調被打亂，都會容易讓我心慌意亂，甚至發脾氣。以前，我老公就曾因為弄亂了我的擺設，而被我劈哩啪啦削了一頓，他則是被罵得莫名其妙。

這種似乎永遠無法達標的完美主義，不僅在自我上要求，對於他人也是一樣挑剔！

　　我記得某次飛去峇里島參加朋友的海島婚禮，新郎帥、新娘美、婚禮簡單溫馨，地點選在海邊高級渡假村，令人宛如置身仙境一般。

　　但你絕對想不到，理當浪漫滿溢的氛圍，我竟然把大部分的心思都在品頭論足，我像是一個 fashion police 時尚警察般，開啟雷達掃視全場。

　　哪個女生穿涼鞋沒擦腳指甲油，那個男生髮型看起來很怪，誰的衣服配色不搭，一直不斷雞蛋裡挑骨頭，整場婚禮下來都在盯別人的服裝儀容，卻錯過了新人臉上的幸福笑容。

　　以前的我就是這樣，只要某某人的穿著打扮，不合乎我的高標準，在我心裡就打「醜一」，當然，我對自己也是如此，所以出門永遠拖拖拉拉。

　　某年農曆春節，我應景的染了新髮色、擦了美美指甲油，飛往日本北海道滑雪，還滿心計畫要卯起來拍照留念。哪知道，剛抵達當地的第一天，因為試穿雪靴時要扣很多扣子，我伸手一扣太用力，不小心就把光療指甲折斷了一塊，人在異地還補救不了，度假心情因此大受影響，往後每一天都在擺臭

臉，隨便一件小事就能夠讓我抓狂。

就因為指甲油掉漆，不夠完美，就註定了這趟假期也無法完美，怎麼會有這麼笨的人！這種逼死人，不放過自己的心態，根本是悶著頭，硬往胡同裡鑽！

那次滑雪之旅，我當然沒有享受到任何放鬆與歡樂。可想而知，完美主義讓我無論做什麼事情都很《一ㄥ，而且好強，總要所有的事情都在自己的掌控中才會有安全感。我想要讓自己成為一個「面面俱到」的「完美達人」。

太好笑了！在這世界上哪一個人是毫無瑕疵？

歸功於信仰，現在的我整個人可以很放鬆，不再《一ㄥ、不再被完美主義所轄制，在認識上帝之後，我才慢慢意識到，追求內在的美好勝過於外在的美麗。

我的心放寬了，周遭的人不論穿著打扮如何，在我眼裡，都變可愛了！

某次應業配需要拍攝照片，我的臉沒有出現在照片當中，但拿著商品的那隻手，卻被眼尖的記者定點放大來做文章。文字裡虧損李蒨蓉以往明明很要求完美，現在卻連指甲油掉漆也不以為意。

哈哈，這位記者應該是我的頭號鐵粉喔，這麼了解我！

面對這類酸酸的報導，「掉漆指甲油」也能當標題，雖然沒有替我加分，但是也絕對無法影響我的心情！

因為我不再將自己受限於完美形象的包裝！

有時候回頭看看以前的自己，常常會不自覺的感到，根本就是自找麻煩，想說到底是在《一ㄥ什麼呢？人生啊！當然好可以再好，可是永遠沒有絕對的最好，如果你要追求完美，一輩子追不完，所謂的「完美境界」，其實根本不存在啊！

別讓人生成為那一撕再撕的聯絡簿，永遠卡在追求完美，今天寫不漂亮沒關係，期待明天全新的一頁！

　　話說我都已經是 40 一枝花了，母親還是會時常打電話關切，交代的事情仍舊不外乎，現在孩子大了，妳「應該」去打拚事業、妳「應該」去演戲、妳「應該」上節目打打知名度、身為藝人妳出門「應該」要打扮打扮，不要那麼邋遢……

　　以前就更不用說，自從我成為藝人，媽媽為了刺激我力爭向上，還會說一些「妳為什麼不……」之類的話。例如當她看到某位女明星又出現在媒體版面，就會打電話責問我說：「誰誰誰有接到這個代言，為什麼妳沒有？」

　　長年下來，聽得我都好累啊！但偏偏身為公眾人物，除了得面對媽媽的期望，又得背負著外界扣上來的一堆「應該」。

自從阿帕契風波逐漸平息之後，經紀公司為了開拓我的演藝事業，也常常會提供一些建議：「蒨蓉姊，除了臉書之外，妳『應該』也要開始經營 IG，這樣才能觸及更多年輕人。」

　　或者是說，「應該」更多日常生活分享、「應該」多接節目通告 等等，咦？這個「應該」跟李媽媽的期待不謀而合啊！

　　OKOK，這些我都知道，我也明白經紀公司的出發點沒錯，都是為了我好。問題就在於我自認口條不好、幽默感欠佳，無法當個稱職炒作氣氛的通告咖，如果參與錄影，對我來講，其實是有壓力的。

　　但我也不是完全不聽建言。有次，聽從經紀公司的建議，說我「應該」逐一回覆網友的留言，這樣才可以增加貼文的觸及率，我還真的卯起來回，一口氣回了一百多則留言，被臉書誤認是機器人，回覆功能因此被鎖了好幾個小時。

　　我的「應該」魔咒還沒完喔！現在孩子大了，關注許多知名 youtuber，開始會跟我分享他人的成功之道，回頭教我這個媽「應該」怎麼呈現業配。

　　有一次，兒子跑來告訴我說：「媽，那個誰誰誰接了好多業配喔！所以我覺得妳『應該』學人家開箱實測，像是把產品放進冰箱，冷凍兩個禮拜看會怎樣？或是用火燒燒看會不會

壞？還有，如果妳覺得產品不好用，可以再拍個影片，直接丟到垃圾桶說：『爛死了』」

我一聽，臉上馬上出現三條線，跟兒子講說：「我若真的把廠商的東西丟到垃圾桶裡說爛死了，隔天開始馬上沒有業配可以接。」

至於我家老公，下班回到家看到我在煮飯或洗碗，竟然也會走進廚房下指導棋，教我「應該」怎麼煮或是怎麼洗……我的天啊！真的是永無止盡的「應該」啊！

我想，這種處境肯定不會只有我碰到。許多人在生命當中一定也有很多「應該」魔咒，說穿了，這整個世界的標準都是圍繞著「應該」。

螢幕情侶「應該」要男帥女美才匹配；職場上「應該」越爬越高才會有出息；人生勝利組「應該」是開雙 B 轎車；熟女到了某種年紀「應該」要靠醫美凍齡講不完的「應該」，追逐不完的「應該」。

殊不知，當我們循著每個「應該」的路徑走下去時，實際通往的都是一條沒有盡頭的漫漫長路，一山還有一山高，你紅，永遠會有人比你更紅；你有錢，也永遠有人比你更有錢，「應該」彷彿一座又一座爬不完的山頭。

別讓他人口中的「應該」綁架了你的人生，若是對自己好的「應該」，行有餘力去努力看看也無妨，搞不好真的會為人生帶來新的可能性；但若是超過自身能力範疇太多，或是做起來感到太勉強，那麼我個人認為，那樣的「應該」，聽聽就好！

　　你的應該沒有錯，只是和我的標準不一樣，我的堅持也沒有不對，只是和你的想法不同。

19 歲進入演藝圈，對於自己應該成為一個什麼樣的藝人？
老實說，初期我一直找不到明確的自我定位。

當時外界對我的認識，似乎也很模糊。在 MTV 當 VJ 的時
期，露出時段不算少，媒體卻常把我的名字誤寫成李「倩」蓉；
走在路上被熱情民眾認出來，明明是在 MTV 台看到我，還是
會講成 Channel V。

就連後來跟綜藝界大哥一起主持旅遊節目，曝光強度夠多
了吧！但還是很多人講成另一個節目。後來比較稍微有清楚的
定位，大夠就是出書之後被冠上「美容教主」、「時尚辣媽」，
或是「跑趴女王」！當然，還有近年的「阿帕契姊」（唉～）。

以前的我，雖然對於當藝人沒什麼太大的野心，但好勝的性格使然，還是會讓我渴望在競爭中勝出，所以從事演藝工作時，常常會有一種「老娘跟你拚了！」的氣焰出現。

　　我當年曾跟某綜藝界大哥一起主持節目長達多年，製作單位就是我的經紀公司，節目預算幾乎都用於支付那位大哥的主持費，當然還有來賓的通告費要付，所以我在旁邊當綠葉主持人，根本拿不了多少錢，反正我只要打扮得漂漂亮亮在一旁敲邊鼓就行了。

　　但我不曉得為什麼，有一段時間好像哪根筋不對，態度極其不耐，心想到底還要在那裡蹲多久？我覺得自己主持這個節目，也不全是為了賺幾萬塊錢，我也想要力求表現，看有沒有出頭天的機會啊！

　　加上因為節目性質的關係，我常常要負責介紹很多關於地理人文及風土民情的知識，告訴觀眾們說，那個國家怎麼樣、那個城市怎麼樣，有多少人？密度多少？很多資訊都是由我來唸，雖然有大字報，但多少還是需要背一下，唸這些資訊非常有壓力，很怕自己沒有講清楚。

　　再加上，我覺得自己不只是漂亮的花瓶，也有頭腦，卻只能在大哥旁邊咿咿啊啊的報些資訊，鎂光燈及一些好笑有趣的梗都在他身上，卻浪費我一整天的時間錄影，讓我心裡很不是

滋味，所以有時候也會想要去搶大哥的光采，或是卡他的位。

大哥當然也不是省油的燈。江湖行走這麼多年，看到我屁股一搖就知道我要放什麼屁，所以當他有次開口說：「好啊！都給妳唸啊！」我就意識到大哥不高興了，所以我們兩人當時的互動很微妙。

那時候的我，缺乏處理人際關係的智慧，當下就是覺得「老娘跟你拚了！」也沒有顧及太多後果。經紀公司的人多少會提醒，我也傻傻沒在怕！

但如今回想，自己真的是太莽撞也太不懂事了，那種「老娘跟你拚了！」的心態，完全只是一種意氣之爭，要跟大哥比主持功力，我根本差遠了。

從有線電視轉戰到三台主持節目初期，我一心想追求表現，希望能被看見，但底氣不足。在 MTV 主持節目時，稿子都是製作單位事先準備好，而且介紹的都是歌曲、歌手，或者就是製作單位要我講的資訊，從來不用去講到自己。

轉型成為三台主持人之後，沒有人會幫我事先寫好腳本，我也沒有那樣子的成熟度。當我站在大哥旁邊時會發現，他是一杯很深的水，我是很淺的碟子，不像他可以隨興所至分享一些自身經驗，我則是空有表演慾，但言談大多空泛。

也因為感覺到空，所以我會想要填滿。例如說，好不容易今天接到一個主持工作要去訪問某一位藝人，對方若是很資深，我就會覺得「很挫」；主持節目的時候也會很怕冷場，擔心自己沒有馬上丟出一個很有深度或有趣的問題，被採訪的人會不耐煩或者是覺得冷掉，所以常常為了講而講。

真正厲害的主持人，懂得見縫插針，話不用多，句句是重點。

我開始明白，其實留白也是一種美，不間斷反而沒有喘息的空間，反而會讓人家覺得很聒噪。

現在在工作上除了直播、拍攝影片為了求效果，講不停是敬業，隨著年齡的增長，私底下的我，講話越來越慢，先思考再說出口，如果不懂、不知道，就不講。

人生也是一樣。現在的我發現到，**當自己夠有自信了，內在也累積到一定的生命厚度，說出來的話語，就能帶有渲染力**，根本不需要用那種「老娘跟你拚了！」的姿態，猛烈發射空炮彈，毫無意義，欠缺智慧的蠻力，耗盡體力，還是打不贏。

Part 2

愛情
LOVE

我們與愛
最遙遠的距離

　　人說，「夜店無真愛」，我可以大膽告訴你，這句話錯了，在我的身上完全不成立！

　　我和老公就是在夜店動次動次搭訕認識的，而我們兩個想都沒想到，這段愛情竟然會真的走到開花結果，還蹦出了兩個小孩。

　　若要問，老公當年最吸引我的是什麼？現在回想，大概就是喝過洋墨水的背景，再加上大我 7 歲，社會歷練夠，見多識廣，往來的朋友圈看起來都很屬害，對於當時我一個 19 歲的女孩來說，確實會不禁面露崇拜。

　　至於他呢？我一直不斷逼問，到底為何在茫茫人海中，一眼就看中我？老公總是人前人後說，第一眼看到我，就知道我

是他要娶回家的老婆！自始至今，我總覺得這句話的可信度很低……

我想，其實是因為我的「單純」吧！

在我之前，老公的女朋友「們」，都比他年長好幾歲，現在流行姊弟戀，大家可能覺得沒啥稀奇，可是在那時候，前任女友「們」施加成家壓力，男孩還沒有蛻變成男人，覺得自己 not yet ready for marriage，沒有辦法給對方承諾，因為這樣而分開。

老公也不諱言，跟我在一起時因為我還年輕，我們兩個交往沒有論及婚嫁的壓力，開心談戀愛就好。我在演藝圈工作，自己有收入，經濟方面獨立，兩人的約會開銷都是小錢，老公覺得很輕鬆，不用特別「照顧」我。

印象最深刻，我們第一次出國約會是在馬來西亞。當時他是被公司派去受訓，買了一張機票邀請我飛去那邊跟他會合，早在我抵達之前，他已經先到了好幾天，因為受訓，白天要上班，無法陪伴我，所以我就自己一個人去 shopping。

那時我當 VJ 收入很好，狂傲失心瘋地卯起來買買買！我還記得在 LV 瘋狂血拼，從最大件的包包買到最小件的筆記本，拎著一拖拉庫戰利品回飯店。一進門，老公很驚訝地説：「妳

怎麼買這麼多東西？為何不等我？」，意思是說，他本來打算要帶我去大肆採買，怎麼我自己就先買了？當下我一聽，傻傻地回著：「沒有啊，你在忙，我一個人閒閒沒事，就先去買啦！」

姊妹們，評評理，當時年輕的我，是不是太傻、太天真！拜託，現在要是有機會能夠花到男人的錢，怎麼可以放過！

交往多年後我才發現，老公說的話，其實只是話術，本質上他根本就是隻鐵公雞！

我剛出道沒多久，在面對媒體時，就跟記者坦承自己有男朋友，但其實在那個時候，女藝人是一定要有「偶像包袱」，不可以公開戀情，以免破壞男性觀眾朋友對妳的想像，而我當時就是單純到沒想這麼多，也不想管那麼多。

和老公交往期間，我們曾經分手九個月，喔不，嚴格說起來應該是我被甩！

當時被甩得莫名其妙，心有不甘的我，靠著旁門左道想盡辦法挽回情郎的心，兩人復合交往後，面對這段感情我開始變得更加如履薄冰，甚至可以為了赴約，放大牌明星的鴿子！

為何這麼委屈？姿態放得這麼低？明明還年輕，為何為了

一棵小樹放棄一大片森林？

　　心中隱隱作祟的自卑感，總是讓我覺得，自己可能再也遇不到比他更好的人。現在回想起來，狹隘的想法，眼光太被侷限，以為認識了老公就等於認識了全世界。

　　而我的自卑感就是來自於，若是以國父紀念館為中心，老公是住在逸仙路上，高級住宅區那一端，我家則是位在光復南路這一端，雖說也是非常好的地段，但總覺得我們兩人之間有著一個，走路只要十分鐘卻是「最遙遠的距離」。

　　我家是住商混合，從搬進去的第一天，8F ～ 10F 都是Hotel，講 Hotel 好像蠻高檔，說穿了其實就是賓館的檔次，出入份子複雜，許多男男女女，只是來「休息」並非真正的住宿。

　　我們各自的家位於不同方向，一個在國父紀念館前門、一個在後門，距離只有十分鐘腳程，卻劃分了先生與我之間的家境與階級。

　　總之，雖然後來的我們，順利克服了那段「最遙遠的十分鐘距離」，但實際進入婚姻之後才發現，不同的成長背景、價值觀，共組家庭柴米油鹽所造成的衝突，反而讓我們兩個人同床異夢、同住一個屋簷下卻相敬如冰，才是我倆之間真正需要克服的，最遙遠的距離。

　　　　　　　　　　　　　　　　　　　　　　　　　愛情

　　我永遠忘不了，被醫生告知懷孕的那天，我雙手發抖、緊握方向盤整個人完全驚慌失措！因為那時候正在趕拍電視劇，台灣版的慾望城市，演藝事業正要起飛，突如其來的懷孕消息，完全打亂了這一切。

　　因為拍戲工作日夜顛倒，熬夜導致生理期大亂，對於大姨媽沒有準時來報到，我也不以為意。一直到後來下腹部持續漲痛，以為是生理期快來了，卻又遲遲沒見紅，實在痛到不行，我才乖乖去婦產科報到。

　　一進到婦產科門診，剛講了兩句話，醫生就叫我去驗尿，我心想腹痛幹嘛要驗尿呢？不到十分鐘，驗尿結果出爐，醫生喜孜孜地對我說：「恭喜妳，妳懷孕了！」

當下我沒意會過來，還在繼續跟醫生討論，上次生理期不曉得是何時，現在下腹漲痛不知道是什麼問題？醫生見我完全處在狀況外，才又重複的對著我說了一次：「恭喜妳，妳懷孕了！」

「蝦咪？」一聽到懷孕兩個字，我整個人猶如五雷轟頂，腦中霎時陷入一片空白，一直到走出診所、發動車子，才稍稍回過神來。握著方向盤的雙手不停發抖，心中只有兩個字可以形容，驚慌！

我才 25 歲，人生清單落落長，還有好多事情沒做，此時卻懷孕了，當下第一個反應就是打給當時的經紀人，可想而知，經紀人也是非常震驚，但仍顧全大局安慰我先不要驚慌，建議我趕快打電話跟男友（現在的老公）談一談，再來想想該怎麼辦。

隨即聯繫男友，我直接驅車從婦產科開到他公司。當時交往七年了，我第一次踏進男友辦公室，準備開口之前，還先深呼吸一口氣，然後才緩緩吐出「我懷孕了！」這四個字。

正當我猜想男友可能會跟我一樣的相同反應──驚慌失措，沒想到他竟然一把抱起我，開心地轉圈圈，一邊大聲呼喊，「YA！YA！YA！」興奮之情完全溢於言表，只差個場記在旁邊撒花，男友的正向反應，彷彿是讓我吃了顆定心丸，當下

就決定要盡快步入婚禮。

沒有浪漫的求婚，意外懷孕一下子將我從少女變成少婦，我的情緒很掙扎。一方面擔心演藝事業會因此中斷，另一方面卻又有點開心，因為終於可以名正言順的脫離原生家庭。

男友交往後首次踏進我家，就是為了提親。我能想像他當時的緊張心情，因為連我也不曉得該如何向母親坦承懷孕。我們三個人坐在客廳裡，我已經忘記當時是怎樣把這件事說出來，只記得媽媽的臉色鐵青，完全無法接受這個消息，言談間也隱約透露出希望我去墮胎的想法。

其實不難理解，母親當時的心情一定非常百感交集，畢竟我的演藝事業如日中天，明明可以拍更多戲、接更多廣告代言，卻要為著一個新生命完全暫停，賭上的風險不小。再加上結婚之後，家裡就只剩下媽媽孤單一人，所以她一時半刻難以接受。

只不過當時我的個性也很好強，當我看到媽媽一臉不屑地質問男友：「你要娶我女兒，你要拿什麼娶？有任何聘金嗎？」心想媽媽怎麼說出這麼俗氣的話？！我內心裡的一把火冒上來了，便展現出寧可替自己贖身也要嫁的決心。

那時候的我雖然沒有大紅大紫、日進斗金，但工作幾年下

來，倒也存了幾桶金，為了替自己贖身，我以一身賭徒準備梭哈的氣勢，告訴媽媽：「妳要聘金是嗎？好，我把存款通通給妳。」當下我一心想換得自由，寧可把手上的籌碼全部梭哈，豁了出去！

表面上看似風光嫁人，其實我嫁的是兩袖清風、口袋空空！

轉眼之間，當我在寫這本書時，吾家的兩隻小犬已經 15、16 歲了，放眼周遭其他同齡女友，還有許多在含辛茹苦拉拔著幼童，看她們追著孩子跑，我不禁有股已經熬出頭的成就感。當然，還有幾名事業有成的單身大齡女子，總是嚷嚷著需要有人幫忙介紹對象。

我自己後來想想也是，當年雖然奉子成婚連生兩胎，一路走來的摸索與碰撞，著實讓我吃了不少苦頭，但努力所換得的一個「四口之家」，卻也讓我的生命因此變得更完整。我甚至感到慶幸，自己可以在年紀輕、體力好的時候就生養小孩。

人生道路沒有人可以孤身一人，我們都需要「家庭」、「老伴」、「食伴」！

反觀當今，女性意識抬頭加上凍卵風潮盛行，好像幫助了許多事業心比較重的女性，可以先全力衝刺，事業放第一、家

庭擺第二，以至於遲遲無法走進婚姻。但實際上，早期凍卵技術被研發的目的，是為了幫助那些因疾病或殘疾，而無法以正常性行為來懷孕的人所設，如今卻被無限上綱地使用，彷彿是一股流行，「大齡女子」都要跟風，不跟就落伍了。

女人過了 35 還未嫁，就會被貼上「剩女」標籤，這個世界很現實，「大叔」永遠比「剩女」吃香！有時我也會想，如果當時狠心把孩子打掉，我和先生的情分應該也是走到盡頭，若是當初沒有選擇走進婚姻，而是全力去衝刺事業，搞不好現在的我也是「凍卵剩女」一枚。

人生如果全都在為自己而活，那真的最後，只會剩下自己。

我真心鼓勵適婚年齡的單身姊妹們，凍卵雖然可以讓妳像買保險一樣，求個心安，但千萬不要因為太過安心，繼續卯起來衝刺事業，而忽略了好姻緣。因為等到哪天實際走入婚姻，有了自己的家庭之後，妳就會發現到這樣的負荷，其實很甜蜜！

　　或許是在潛意識裡，我一直在尋找那份「遺落的父愛」，才會在 19 歲那年，在夜店認識大我 7 歲的老公時，就深被他的成熟和穩重所吸引，並且在 25 歲時，願意拿錢替自己從媽媽那邊贖身，然後奉子成婚嫁給他。

　　歷經了浪漫動人的海島婚禮之後，我以為王子和公主可以從此過著幸福快樂的日子，哪知道婚後，王子馬上被打回原形變成青蛙，我才驚覺到原來自己在這段關係裡，從頭到尾都在找一個「爸」，但實際上我的老公，其實更像個小孩，所以我常戲稱家中除了有兩個兒子，還有個老三，就是他。

　　但能像這樣幽自己一默，代表現在已經無傷，回想剛結婚時，情況可不是如此太平，家中的天花板不僅天天被我們吵到

快掀掉，還幾度吵到快離婚。

早婚生子固然有好處，但婚姻初期那幾年真的很痛苦，演藝工作因奉子成婚而停擺，女星當中我又是唯一當媽的人。加上當時流行貴婦名媛風，我被媒體捧成嫁入豪門的女星，死要面子的我，即使老公根本沒有錢，我嫁過去的時候自己更是窮，這些都是背後人所不知的秘密。

在台灣的演藝圈，一日當媽，終身為媽！婚前，我是穿比基尼的辣妹，婚後生完孩子，一時無法回到窈窕身材，明明我才20幾，看著其他女星都有廣告代言，別人在當偶像女主角，我卻升格成人妻甚至大嫂！這一切都讓我好自卑。我想這也許是為什麼，瘦身成功後，只要逮到機會，我就刻意打扮光鮮亮麗努力跑趴，不斷在人前營造幸福假像，但其實內心已經悶到快爆炸！

每當跟先生吵架，生活起衝突的時候，我總會在心裡懊悔，想說自己是不是嫁錯人？愛錯一場？會不會這原本就是一段不屬於我的孽緣，早就該分手，而我卻自作聰明，靠著師姐作法，把原本屬於我的真命天子給「做掉了」？

總之，意外懷孕奉子成婚，婚後連續兩年生兩胎，孩子來得太突然，完全不在計劃內，讓我們直接從情侶變夫妻，再晉升到父母，短時間內身分三級跳。加上兩顆年輕的心還不定，

卻因為新生兒被迫綁在一起，導致婚姻生活天天都很戲劇性，柴米油鹽醬醋茶，什麼都能吵！

那時候看著同年齡的閨蜜，每天生活得多采多姿、瀟灑自在，我卻只能悶在家裡擠奶餵小孩，心裡也難免感到羨慕和不平，總是在問自己是不是太笨？如果當初沒有生小孩，我是不是可以晉升為 A 咖？如果當初沒有嫁，我是不是更有行情？是我選別人，而不是被選。

我總是在為「未曾得到的滿足」在埋怨著！

現實生活的壓力，加上巨大的心理失落，讓我像被一隻情緒怪獸附身，常常在大半夜裡，不是將晚歸的老公鎖在門外，要不就是等他進門之後吵翻天，歇斯底里的模樣宛如河東獅吼。剛剛不是說了嗎，婚後，王子變青蛙，公主變成包租婆！

有次，我失控得厲害，一副得理不饒人的態勢，老公怕吵到鄰居，當下也不想跟我這種瘋女人吵架，一路把我從家中攛到附近飯店，開了一間房間，把我攛進去之後，他就回家睡覺。

過程如何乖乖就範被帶去開房間，我已經忘了，等冷靜下來的時候，才發覺一人已經坐在飯店房間裡。我哭哭啼啼地打電話給表姊，告老公的狀，表姊一邊在電話中安慰，還不忘問我被老公攛到哪一家飯店？

表姊真的很會安慰人，一聽到飯店名稱便說：「不錯喔！想想看，妳家附近有兩家飯店，一家比較便宜、一家比較貴，至少他還知道要幫妳選比較貴的那一家，代表還是很在乎妳的！」我想了一下，好像也是，之後就順勢住了一晚，隔天一早才 check out 返家。表姊讓我覺得急中生智很重要，再怎麼漂亮的女人瘋起來，都會被人討厭而趕出家門！

　　如今回想，那些年我們的關係之所以瀕臨破裂，主要是因為婚姻生活是採取「碰撞式發展」，明明都是想要為這個家好，卻不知道用什麼方法，想要愛對方，卻總是用爭吵的方式在溝通。日復一日、年復一年，使得夫妻感情不斷被我們自己破壞。

　　經過十七年來的婚姻領悟，感謝上帝打開我的眼睛，讓我明白根本沒有嫁錯人這回事，只有你願不願意為了建造一個和樂的家庭而努力！**唯有當你的心是願意的時候，才有辦法以愛為出發，用包容、接納的眼光去看待另一半。**

　　不要為得不到的埋怨與責怪，請為已經擁有的一切，抱持著欣賞與感恩的態度！

　　無論身為妻子還是母親，都是主導一個家庭快樂與否的核心人物。只要願意先改變，並且透過婚姻激發出一個更好的自己，就必能營造出一個充滿愛的家庭，讓孩子在一個有安全感環境中長大，當然囉！老公每天下班後，也會更想趕快回家抱抱妳喔！

　　單親家庭的成長背景，生命中有一個缺席的父親，對於我嫁的男人、也就是孩子的爹，一直有著很高的期待——期待老公有能力照顧我，讓我不用為錢擔心，期待他愛我、懂浪漫、對我甜言蜜語，當然了，我更期待他天天在家陪伴我、幫忙帶小孩、分擔家務……

　　但實際走入婚姻之後才發現，原來上述期待通通僅限於電影情節，而且還是電影女主角的幻想情節！婚後的我，有好長一段時間獨守空閨，老公經常性的夜歸，也讓我夢想中的家庭生活完全破滅。當時，我們夫妻每天最常上演的對話如下：

　　傍晚五點，初為人妻的我為了確定要不要燒飯，打電話問人夫：「今晚要回家吃飯嗎？」

「No！」人夫的回答倒也乾脆，卻聽得我心裡一把火，於是烙話警告人夫，「你就算不回家吃飯，也最好給我早點回來！」

　　晚上九點，人妻再次打電話，明顯不爽地問，「幾點回家呢？」答案是「晚一點」，聽起來超敷衍，掛上電話後，心裡越想越不是滋味，憑什麼一樣是新手父母，人夫可以在外夜夜笙歌，人妻卻只能在家夜夜悲歌。

　　他難道不知道我一個人在家裡帶小孩很辛苦嗎？其實內心的寂寞感勝過肉體上的操勞。

　　「不公平！」、「我不甘心！」類似的字眼不斷在腦海上映，刺痛著我的敏感神經，氣到睡不著。午夜十二點，再 call 一次人夫，一樣沒好氣地問，「玩夠了沒？可以回家了嗎？」

　　「快了！快了！」為什麼就是不能講一個準確的時間呢？氣得我立馬掛電話！等到幾個小時過去，內心的小劇場已經不知道演到第幾個版本了，最後一通電話直接怒吼，「到底要不要回家？」

　　很嗆對吧？我就是故意要嗆我老公，而且嗆完的下一步就是直接放狗咬人，喔！不是啦！是鎖門！

我開始把門反鎖,讓老公拿著鑰匙,卻有家歸不得,只能可憐兮兮地在門外按門鈴。我故意用這種報復性的手段,處罰他的遲遲不回家,殊不知當時的我多麼愚蠢,明明希望老公回家,卻用鎖門的方式將他拒於門外,很有可能鎖門到最後變鎖心,卻沒想過哪天他若是真的不回家,我該怎麼辦?

不幸中的小確幸,本人老公很摳,捨不得花錢開房間,所以總是很有耐心地按電鈴,按到我開門為止。但開門之後,免不了又是一場家庭戰爭,吵到天翻地覆,整夜不得好睡。

雖然現在我們家老公被上帝「改良」了,不會再像之前那樣,每天晚上在外頭玩到樂不思蜀,但其實我也成長了,知道無論如何都不能將老公鎖在門外,以免鎖人鎖到了最後,他的心也自動把我封鎖在心門之外。

後來有機會我們把話說開了,我才明白,其實那段時間老公也很可憐。他解釋說,「工作上已經有很多壓力了,回到家還要見到老婆擺一張臭臉,所以只要一交際應酬,絕對選擇在外跟人吃飯喝酒,最好是能喝到爛醉,這樣回到家就什麼都不用談……」

老公如此坦誠的一席話,讓我這個當老婆的現在聽來實在感到汗顏,尤其是,當我又聽到他說,因為家中毫無溫馨感可言,有時沒應酬可去,他也會寧可選擇到 24 小時的書店逛到

半夜時，我的心裡更是一陣糾結。

最好是書店可以晃那麼久？！不論是真是假，不想回家面對七竅生煙的老婆，家裡的低氣壓，的確，我也該負責任。

至於為何我會用鎖門來作為處罰方式？我想到了，可能是因為我小時候做錯事，也常會被媽媽鎖在儲藏室以示處罰，我怕得要死，所以自以為只要如法炮製，老公就會心生警惕，完全忽略了夫妻之間是講情不是講理的，把對方關在門外，其實就是一種絕情的手段。

同樣地，現在我們也不會再像以前一樣，用分房睡的方式來推開彼此。

結婚初期因為親餵母奶，半夜起來容易吵到老公，所以他就自個兒拎著枕頭和棉被到客房睡。當時客房沒有一張正式的床，空間也不夠，他就買了一張折疊式行軍床，一打開就是張單人床，就這樣睡了好長一段時間，而那時，也是我們夫妻關係最惡劣的時候。

我們是後來才學習到，原來夫妻是不可以分房睡，但這種情況確實蠻普遍。常常聽到有姊妹讓孩子都睡在他們夫妻中間，睡到最後變得孩子長期進駐主臥房，爸爸反而跑去睡客房，多少會影響夫妻之間的關係。床頭吵床尾和，夫妻睡在一

起，彼此牽個手、親個吻、道個晚安，再怎麼不愉快，也該煙消雲散。

孩子小的時候也許捨不得，漸漸長大趁早獨立睡一房，我認為是好事。孩子固然重要，但未來他們也會有自己的人生和家庭要顧，唯有老公是跟妳走一輩子的心靈伴侶，所以要好好愛他！

最後，臭臉真的沒有人愛！

無論自己多有理或多站得住腳，夫妻之間仍要懂得「得理且饒人」，並且盡量以感性的分享心情，代替理性的責備，用動之以情的方式讓另一半同理你的心情，如此才有可能使他避免再用相同的錯誤來傷害到你。

很多事情不能只靠一張嘴，而是要用行動證明！我和老公不僅曾經同床異夢，倆人雖是同處於一個屋簷下，信仰卻大不同。

先前說過以前的我是無所不信、無所不拜，三不五時就會拜託老公開車載我上深山拜濟公，後來找到真信仰，人生從此開啟全新篇章。

基於「呷好道相報」的心態，一抓到機會就會開口傳福音，試圖用「說」的方式給老公洗腦，逼他吸收信仰「新知識」。無奈，老公不受教，不想背叛他的佛祖菩薩就算了，還嫌我聽的詩歌是靡靡之音。

信靠上帝初期，我們夫妻之間時常因為信仰問題而辯論、

鬥嘴，老公說我信上帝，他拜佛，咱們井水不犯河水。那時候主臥房正門口掛著佛像，家門口有八卦鏡，每天看老公在那邊碎碎唸佛號一千遍，我的心甚為憂慮。為了挽回心愛的人，這次不是騙喝符水，而是我在家裡大聲放詩歌，瘋狂連續播放，放到老公受不了，走過來跟我說：「哈利路亞，哈利路亞，妳到底要唱幾遍呀？」

後來看到一部片叫《戰爭之屋 War Room》，我又開始學女主角在家裡展開密室禱告。問題是要到哪找一個完全不被打擾，而且不會有人走進來的空間呢？我把腦筋動到家中那個一坪大的鞋櫃空間，在裡頭無論怎麼哭，怎麼向上帝傾訴心裡的話，都可以無所顧忌。

曾經有網友看到媒體報導，說李蒨蓉「躲鞋櫃懺悔」，還留言挪揄說有錢人就是不一樣，鞋櫃大到可以躲在裡面哭。殊不知，我們家的鞋櫃其實就是間收納室，主要都是用來放鞋子堆放雜物，加上裡面沒有空調，又悶又熱，我還得一邊禱告一邊忍受鞋臭味。

有時候禱告的太激動，占用太久，老公還會在門外叩叩叩，開門探頭問說：「我要上班了，可以進來拿鞋嗎？」拿好鞋之後，再帶著一臉問號離開，大概是心想老婆很有事，是不是宗教狂熱信到走火入魔了？

除了在密室禱告，偶爾我也會在陽台窗戶邊，攤開聖經，然後跪著禱告，老公見狀也會默默走過來，伸手把陽台的玻璃窗關起來，對我說：「對面的鄰居都聽到我們家發生什麼事情，妳可不可以小聲一點？」

倘若看到我跪在那邊禱告，哭得很慘，他也會心疼地拍拍我的肩膀，勸說：「唉呀！信上帝這麼痛苦，那就不要信了！」但他有所不知的是，我流的可是喜樂的眼淚啊！

總之，回想那段日子，雖然信仰不同難免導致我們意見分歧，嚴重時夫妻之間變成敵對關係，但現在回想起來這些點點滴滴，其實也蠻好笑的。有時候我們夫妻一起上台做見證，也常會把這些變成我們見證內容，聽得台下的弟兄姊妹不禁莞爾。

感謝神，僅僅一年的光景，老公就信了上帝，而且比我還火熱。我永遠無法忘記，教會牧師得知老公要受洗時的驚嚇反應！當時正在吃便當的黃國倫牧師，一聽到這個消息，驚訝到下巴都要掉了下來，連嘴裡的飯菜都忘了要嚼，不敢置信地問著我：「What happen？」，我也聳了聳肩，不知道 what happen！

自此，原本拒絕上教會的老公，每個禮拜天早上都會 morning call，提醒我主日不要遲到；以前嫌棄詩歌是靡靡之音，現在竟然在教會的舞台上，聲嘶力竭地帶動大家唱詩歌！許多

姊妹都好羨慕我有個愛上帝的老公，但感謝神！不是因為我厲害，而是有一位愛我的神，同樣也好愛我老公。

這個經驗也讓我體悟到，原來過去的我，總想要用自己的聰明才智，甚至是用口舌爭辯的方式，說服老公跟隨我的信仰，但其實我骨子裡還是有著驕傲，自以為三言兩語就能改變對方根深蒂固的想法，也忽略了自己的言行舉止還是欠缺說服力，直到後來，生命真的有所轉變，才用實際行動讓老公心服口服。

關於這一點，老公也曾經見證說，以前從來沒有跟他道過歉的我，竟然在有了信仰之後開始會道歉了，「這根本就是太陽打西邊出來，可見她的上帝還真是不賴！」

同時他也注意到，原本個性剛硬的我，態度漸漸變得柔軟，不禁讓他思考，過往自己拜佛都是求事情上的轉變，沒想到我信的神，居然能改變人心。因著好奇，他走進教會想要認識這位神，沒想到詩歌一放就讓他淚流滿面，毫無任何理由，而且還是快歌。當時他才恍然大悟，原來真正的神就在這裡！

Talk is cheap, actions are expensive. 話語是廉價的，實際付出行動才有價值。「生命才能影響生命」，一張嘴改變不了人，唯有生命本身才會帶出真正的影響力！

有次應某教會之邀，我和老公聯袂上台分享「夫妻相處之道」，為了加深台下觀眾印象，我們以當時一齣很紅的韓劇《李屍朝鮮》作為發揮的題材。

這部韓劇的劇情是在講述，十六世紀的朝鮮國王染上了怪病，白天熟睡如死屍，晚上醒來變成啃咬人肉的活屍。病毒因此在整過王朝中擴散到一發不可收拾，全國百姓們急忙逃命，朝廷裡頭卻依舊上演著權力鬥爭戲碼。

劇情精彩，畫面緊張刺激，讓我們夫妻倆都好愛看，常常一起追劇。也因著這樣一個 idea，我向先生提議那就不妨來拍個活屍短片，呈現出以往還沒認識上帝以前，生命宛如行屍走肉，夫妻關係更是廝殺不斷，一直到婚姻中多了上帝這個「第

三者」以後，服用愛的解藥，才讓我們從活屍變成活人。

自從先生跟我一起信主，我們的爭吵頻率不僅銳減，「離婚」這個字眼也不曾再出現於我們的對話當中。你以為我們是受到基督信仰約束的關係，所以才堅持不提離婚？哈哈，當然不是，本人沒有那麼高尚，而是因為我們發現有了上帝的幫助，已經沒有什麼事情無法解決。

曾經有人說過，另一半就像是一面鏡子，總是能映照出自己最真實的模樣。也就是說，神聖的婚姻制度，正是上帝用來讓夫妻磨練彼此的管道，讓兩個人都能變得更好。

為什麼以基督教信仰為中心的家庭，關係可以變得這麼棒？那是因為有一個最高指導原則在那裡，而且這個最高原則——上帝的真理是不會改變的。

我和老公都發現到，以前的我們不管做什麼事，背後的動機都是自私，因為老闆是自己，現在因為有了同一個老闆——上帝，即使沒有辦法思想一致，卻可以一起思想、一起磨合彼此的價值觀。而這個價值觀就全然涵蓋了，兩個人對金錢的想法、對生活上的需求、習慣，以及對孩子的教育跟期待。

以前沒有最高原則的時候，兩個人吵架吵出一個結論或共識，往往一定好景不常，這個共識很快就會因為感覺不對或是

其他事情的牽動，而出現改變，爭執也因此再起，導致夫妻關係裂痕越來越深。

出現第三者的婚姻不是小三，而是我們有了共同的老大——上帝！多了上帝的愛在我們當中，老公也變得更能用欣賞的眼光，看待我這個在家沒什麼偶包的老婆。

在這裡分享一件我們生活的趣事。有次我在浴室裡洗完臉，感覺鼻孔濕濕的，就拿面紙挖鼻屎，老公看到甚為驚訝問說：「妳在挖鼻屎嗎？」我沒好氣地回答，「要不然呢？難不成要從鼻子裡面挖耳屎嗎？」

沒想到接下來，老公竟然說了一段超乎我意料之外的話。他以一種不可思議的神情對我說：「妳怎麼會有鼻屎？妳是仙女耶！仙女怎麼會有鼻屎？」我聽了忍不住噗哧一笑，白了他一眼，心裡卻是甜甜的。

在以前的保守年代有聽此一說，日本女生，為了不讓老公看到自己的素顏，自我要求每天比老公早起，先把妝畫好等老公起床。有些女生則是會要求自己不可以在老公面前裸體，以免「原形畢露」，到時候被老公嫌棄。

反觀我和老公，結婚將近二十年，每天都是脫光光在對方面前走來走去，在廁所擦身而過的時候也一定是坦誠相見，完

全不避諱。

我想這就是「有神的夫妻關係」跟「沒有神的夫妻關係」兩者之間的差別。當一段婚姻關係多了上帝，就會讓人有真正的安全感和信任感，而上帝也教導我們，**真正的愛就是可以接納彼此真實本相，在愛裡無須感到羞恥與懼怕。**

你以為從此以後新鮮感不在了嗎？ 不！上帝厲害的地方，就是能夠重燃愛火，讓我們互看彼此，越看越欣賞～

愛情

勸和不勸離，落伍了？

以往跟老公吵架吵到不可開交的時候，我總是習慣把離婚掛在嘴邊，面對一言不和的當下，彷彿分開才是唯一的解決之道，時間久了，「那我們就離婚啊！」「我們可以趕快離婚嗎？」，這些話變成了一種情緒勒索式的威脅，以及放羊孩子般的無效通牒。

我也許是刀子嘴、豆腐心，但又逼死人地不放過自己，相較之下，老公卻不曾說出「離婚」這兩個字，最多只是消極回應。有時候我潑婦上身，鬧離婚，就會逼問他到底什麼時候肯簽離婚協議書？即使離婚看似已經成為兩人共識，我們卻未曾實際擬過離婚協議書，也許是當時顧慮孩子還年幼，讓人難以割捨。

站在為人母的立場，孩子是老娘生的，當然是跟我！但老公也愛孩子，希望能夠生活在一起，兩人僵持不下導致家庭氣氛不愉快，我想這也許就是為什麼「市面上」有許多苦情夫妻難分難離，勉強在一起當室友的原因吧。

　　你絕對想像不到，當年那個動不動就嚷嚷著要離婚的我，現在最常做的事，竟然是當別人夫妻間的和事佬，專門「勸和不勸離」。

　　印象最深刻是有一次，剛信上帝時，得知長年旅居國外的閨蜜剛離婚，心情很不好，那時候我就有感動要跪在床邊為她禱告，禱告的當下竟然一直哭、一直哭。

　　起初，我有些被自己的反應嚇到，想說這又不關我的事，為何情緒如此激動？後來我才明白，從信仰的角度來解釋，那是因為上帝藉由讓我更能深刻感受到遠在他鄉，一個女人帶兩個孩子的辛苦，以及在夜深人靜時的孤單和無助。

　　似乎就在那次的經驗過後，我在心裡篤定地告訴自己，「再也不要輕易說出口！千萬不能跟老公離婚啊！免得日後孤苦無依……」，同時我也變得更能同理單親媽媽的辛苦，因為自從我爸爸離開之後，母親就是一個人，孤兒寡母的一手把我拉拔長大。

這完全是我之前始料未及的事情，我發現找到信仰之後的自己，也多了更多的同理心！

在認識上帝之前，我很容易瞧不起別人，認為自己曾經存摺空空（為了結婚把存款都給母親）都可以撐過來了，妳們這些小情小愛、小挫折算得了什麼？而且我習慣強勢，當他人在跟我碎碎念自己的悲慘故事時，我可能會以自身為例來跟妳誇口，用自身經驗蓋過對方的問題，讓說的人自討沒趣地閉上嘴，或是乖乖聽我的建議就對了。

有了信仰之後，我才慢慢學會如何柔軟、憐憫，並且善用同理心，原本強勢的光芒漸漸淡去，我開始乖乖甘願單純做一個傾聽者。

我在想，會不會是大家都覺得李蒨蓉以前這麼慘，現在卻可以一派輕鬆笑嘻嘻，所以來向我討個「撇步」？

本人不是婚姻專家，聽著姊妹吐苦水，我無法給出任何解決方案，我當然也不敢為他人的婚姻負責，但是往往等對方傾訴完之後，心情就好了一半。

我終於學到，原來陪伴也是一種非常好的安慰！

我真的什麼都不會、更沒有留一手，我唯一能夠做的，就

是傾聽完之後，把姊妹帶到神的面前為她禱告，求上帝親自來扭轉乾坤！

以前古人常說家和萬事興，勸和不勸離，套用於現今世代，彷彿落伍了！新派作風一有風吹草動，立馬快刀斬亂麻，先離婚再說！離婚真的能夠解決問題嗎？還是只是逃避問題？

現今單親家庭越來越多，離婚輕鬆平常，下一代的觀念也被教導要開放。的確，父母的感情問題跟孩子絕對沒關係，但是，上一代的離異對下一代真的不會有影響嗎？以我個人經驗分享，原生家庭帶給我們這一生的影響，極深！

好聚好散看似一種很優雅的包裝，殊不知對於有孩子的家庭，背後所造成的是肉眼看不見的撕裂傷！**當我們遇到挫敗時，選擇用意志力、用「愛」面對，上帝會幫助我們，走在艱辛但是通往祝福的道路上！**

只要夫妻雙方願意放下強硬姿態，搭起一座溝通的橋樑，婚姻裡還真沒什麼解決不了的問題。若是沒有積極嘗試溝通就祭出離婚這張牌，離婚後只是會徒增無限的遺憾。

回首來時路，我自己的婚姻生活淚水多於歡笑，過去的我當下無解時，也時常把離婚兩個字掛在嘴邊，那時候我不懂，尋求神的愛才是解答。如今先生和我都很慶幸，因著生命有了

耶穌，從此夫妻關係、家庭生活不再一樣！

　　同樣地，遇到婚姻有困難的朋友，我們能夠為對方做的，除了傾聽，就是正向鼓勵，讓自己成為他人家庭的祝福！

「一句話說得合宜，就如同金蘋果在銀網子裡。」

——《聖經》箴言 25 章 11 節

如果講不出合宜的話，那就寧可不要講，尤其是在親密關係當中，若是口無遮攔，兩性戰爭隨時一觸即發！

有時跟老公鬧不愉快，一個大男人一直問，換我悶不吭聲，老公質疑平時愛唸的我怎麼都不回答？當下我冷淡回應：「因為我現在沒有合宜的話來回答你，請你等等我。」這招有效！當下他就真的不會再來盧我，因為他知道比起以前吵架時我的高分貝咆哮，現在的我已經理性許多，也更懂得選對時機溝通。

良好的溝通其實是需要學習的。受洗之後，我和老公在教會籌辦夫妻小組，並使用一套名為「美滿婚姻課程」的教材做練習。在帶領小組之前，我和老公已經在家把七堂課程演練一遍，其中有一課就是「溝通的藝術」。

　　有次，我和老公練習「有效聆聽的原則」，課程開宗明義的第一條就是要「專心聽、不插嘴」，意思就是說要讓你的配偶完整地把話說完。裡面還提到，有研究顯示人們在插嘴打斷對方說話以前，平均只有 17 秒的耐心聆聽。

　　一般我們都會覺得說 17 秒聽起來很快啊！應該沒什麼困難，但我跟老公實測才發現，拜託，要撐到 17 秒原來是超級困難耶！演練時，當我發言時，你猜得到那 17 秒我先生在幹嘛嗎？

　　他竟然在咬自己的手！真的，一直在咬他自己，看得我有些講不下去，只好停下來問：「你在幹嘛？」他說：「我在強忍撐過 17 秒，好難熬。」聽得我好氣又好笑。

　　輪到老公講話、換我閉嘴不可插話時，我才發現屁股像是有針在扎，不只整個人快要坐不住，臉部表情都很難控制，我只能一直緊皺眉頭，皺到我感覺都需要打肉毒桿菌了！

　　但也因為經過這樣的事先練習，我們更知道如何有效運

用課程裡教導的溝通技巧，並且羅列了一些重點和撇步，與小組成員們分享，實際應用在夫妻關係的溝通上。舉例來說，為了達到有效溝通，在聽完配偶說的話之後，盡可能完整地複述對方剛剛講過的內容，確保兩人之間沒有誤解，不可以加醋添油，不要斷章取義。

藉由這樣的練習，我也發現到，原來有時自己是個言不由衷的人。當我跟老公在情緒抒發時，這樣講太好聽，說白了，就是當我在砲轟時，用的是右腦感性表達，但是聆聽者，用的是左腦在理性接收，所以當老公複誦我剛剛說過的內容時，聽得我汗顏，明明那不是我要表達的本意，偏偏我又不得否認。

那種感覺就好像是，雖然我剛講的是芭樂，但其實想表達的是鳳梨，言不由衷、詞不達意，導致兩個人的溝通很「不對頻」。

在經過老公複誦後我才發現，生氣、憤怒，那只是我的表層情緒三分之一，內心深處的自己其實是委屈、失望、受傷的感受，但因為太氣了，只想先開罵，而不願意敞開真實的情緒，深怕氣勢會輸人。

談不到那三分之二，這樣的溝通往往是無解。

後來我們夫妻倆就慢慢從課程當中學習，說話時字句中盡

量用「我」來取代「你」，舉例像是「你為什麼要這樣做？」或是「你知不知道……」、「你是不是應該……」等這種以「你」作為開場的陳述和帶有指責的意味。

改用「我」其實不容易，要先學會放軟身段舉白旗，例如：「我很難過、我很寂寞」或是「我很需要，或是這個事情讓我很害怕。」

當然我不得不承認，有時在很生氣的當下，心坎裡過不去，想要控制不破口大罵都很難了，更別遑論先理性分析自己，再柔性表達內心感受。畢竟，我們都不是機器人！這時候該怎麼辦呢？我後來採取的方式是，運用本文的開場提醒自己，閉嘴、離開衝突現場，先冷靜。

一個人冷靜的過程中，若覺得不吐不快，我就會打在手機的備忘錄。用文字開罵先訴諸罪狀，免得隔天一忙就忘了，很怕自己健忘，忘了為什麼不爽，偏偏不爽的感覺，又卡在胸口上！

洋洋灑灑的興師問罪當然沒有什麼意義，反倒是在書寫的過程中，慢慢理清自己的思緒，哪怕是用手機速打，都會發現心緒像撥洋蔥般被一層一層的撥開了！

用寫的另一個好處是，吵架的時候，心跟口不見得是一致的，而且容易講出傷人也傷關係的話。一樣是不爽情緒，經過

打字時的思考沉澱，我變得比較能就事論事，以及用理智思維表達內心想講的重點，老公的接收也比較不會出錯，所以有時候跟老公當筆友還蠻不錯的。

奉勸已婚朋友們，**當你和另一半發生衝突時，多說並不代表就是贏，而且最後還可能贏了道理、輸了關係。**

建議你，不妨試試上述分享的溝通小撇步，常常把合宜的話當成一顆金蘋果送給對方，那麼保證你們的關係就會像西諺所說：「An apple a day keeps the doctor away.（一天一蘋果，醫生遠離我）」夫妻倆的關係會越來越健康喔！

　　每週一次集體聚會，我跟老公共組了一個夫妻小組，與其說是我們在「帶領」組員們成長，其實我們更像是在「共學」，共同學習如何讓自己變成一個更好的伴侶，經營更有品質的夫妻關係。

　　藉由這樣服務他人的機會，我們也看到真的是「家家有本難唸的經」。以前總覺得很多夫妻在外看起來光鮮亮麗，公開互動也都很好，每當大家一起團聚，在神的愛裡卸下面具、坦誠相見，展露出彼此在關係中最真實的一面，我和老公才發現原來我們不是最慘的，還有人比我們更慘！哈哈，雖然這是玩笑話，但是非常真實，人生的道路上沒有人可以一路順遂，每一個人總會遇到難處，每個家庭都有背後的故事，大家困難的點都不一樣，讓我們更加彼此惺惺相惜。

老公和我從不認為，我們有資格去輔導任何夫妻所遇到的婚姻困境，所以我們是把重點放在營造出一個有安全感的環境，讓夫妻們可以在這裡安心練習如何把心裡話說出來。

　　我跟老公兩個人也是經過課程的操練，才發現原來夫妻之間的溝通是需要練習的，哪怕是面對最親密的愛人，也是一樣。

　　帶領夫妻們練習的過程當中，未必每次都很順利，有時也會卡關或起爭執，我和老公在家練習時，我們兩個人都會擦槍走火了，有溝才會有通，有總比沒有好！每次的練習看似只推進一小步，實際上卻讓夫妻已經僵化的婚姻關係，向前跨出一大步。

　　夫妻小組每次聚會都有特定的練習主題，以及主要教導的內容，我也因此發現到，哇！男女真的是大不同。多數男生的思維偏理性較粗線條，女生則偏感性有著一顆玻璃心，光是這樣的認知差異，就足以讓夫妻兩人看事情的角度完全不一樣，若是缺乏溝通，生活中很容易造成衝突或不愉快。

　　生理需求的方面也是如此。求學過程中，學校的健康教育課只教男女性生理構造的差異，卻沒告訴我們男女生理需求有多大的差別，無怪乎，我們常聽到很多夫妻之間都有性生活不協調的困擾。

我也常鼓勵姊妹們要認清一個事實，那就是妳永遠沒有辦法改變另一半，只能接納他。夫妻關係的微妙之處就在於，當你們嘗試敞開心去接納彼此時，嘿，這時候很多事情反而就有轉圜空間，原本死性不改的另一半，反而可能單單因為愛你而願意調整自己了。

　　同溫層的夫妻們不只是聚在一起取暖討拍，婚姻生活當中的酸甜苦辣，彼此真實分享，大家一起當同學，互相學習。

　　小組當中有一位較年長的弟兄，他的分享頗有智慧，非常值得大家學習。他說，「牽手」其實是一項最好的投資。

　　有時候妻子跟他鬧彆扭，隔一會兒，他的手會主動伸去碰太太的手，如果碰一碰覺得太太沒有拒絕的意思，他就繼而把手牽起來。因為藉由這樣的肢體接觸，太太的心放軟，兩人就自然而然和好了。不要再回頭算舊帳，藉由牽手，彼此各退一步，海闊天空！連買花的錢都省了，果真是 CP 值超高的投資！

　　各位大大，讀到這裡，不妨借鏡效法一下；換個立場，太太們也不要ㄍㄧㄥ，不要擔心顏面掛不住，想跟先生和好就要採柔情攻勢，主動伸手去碰碰他的手，搞不好他就會自動把妳的手給牽起來！

　　除了牽手之外，我更是鼓勵夫妻之間的擁抱與親吻，永遠

不嫌多！記得以前我總是會抱怨，老公不願意在公共場合與我有太多的肢體接觸，有時候我親他沒反應，抱他時身體僵硬，我就會嘟著嘴沒好氣，唸他不夠愛我！原來他是害羞！他總是覺得，有礙於我是公眾人物，大庭廣眾之下有太多雙眼睛都在看，他會不好意思啊！一個大男人，哪來這麼多內心戲？！這個理由，我可不接受！

感謝上帝，突破老公的心防，現在整個情況大翻轉，老公似乎有了源源不絕的熱情，有時候就在百貨商場裡，直接抓著我的臉親，反而換我不好意思了！

朋友們，不要嫌棄我用文字在這邊曬恩愛，我想通了！每天兒子出門上學，我總會跟他們親親抱抱，祝福他們有個美好的一天，媽媽對孩子可以如此，為何老婆不能在老公上班前，也給他一個愛的擁抱呢？夫妻之間愛的存款簿，可是需要定時放錢，才能夠生利息喔！

台語的「牽手」有太太之意。既然在茫茫人海當中，兩人有緣身為「厝仔某」，那麼當然要一起牽手到永遠啊！試想，老公公、老婆婆牽手走在公園裡散步，那種畫面，多甜蜜啊！基本動作，就從現在開始練起！

　　有段時間，我忍不住跟老公抱怨，電視機好像成了我們之間的小三！

　　他是那種傳統型的男人，他的放空娛樂就是看電視。比方說忙了一整天，很累，一回到家就往沙發一坐，打開電視放鬆，然後看著看著就睡著了。我見他人睡了，便把電視關掉，他竟然會突然驚醒說：「幹嘛關我電視？我在看欸！」你說，是不是完全如同戲裡會演的那些情節！！看電視睡覺，關電視就醒來，明明眼睛都閉起來了，你是在用眼皮看嗎？

　　這還不打緊，有時連晚上睡覺前，閒來無事他也會打開電視，漫無目的地轉台，這下我可就怒了，向他抗議說：「你看電視我就不能跟你聊天了耶！」但站在老公的立場，他也有話

要說，有時是因為他覺得最近的我有點在情緒暴躁，不敢來惹我，才會「躲」到電視裡去。

幾次溝通下來，我們就發現婚姻生活，真的不要讓「看電視」這件事情，占據掉太多的時間，除此之外，夫妻相處之道，把握幾點黃金原則，基本動作到位，會推進兩人之間的關係更甜蜜，在這裡跟大家分享實用小撇步。

第一就是，晚上十點以後不要「談事情」，夫妻倆人忙了一整天，身心俱疲，在職場可能也已經受了很多鳥氣，在耐性不足的情況下，會更加容易因為「談事情」而延伸成無謂的爭吵。

如果真的「很有事」，必須討論正經事，養成定期開家庭會議的好習慣，尤其像孩子大了，我們也得尊重青少年會有自己的想法。我時常選定週末下午，號召家庭成員「大家來開會」，人人都有言論自由與投票權，舉例像是出遊計畫、設定家規等。

再來就是，如果今天兩個人是把一起看個電影或追劇，當成是一種共同的興趣，倒也無可厚非，但就是不要說我們兩個沒事，好吧！那來打開電視機，殺一下時間。如此一來，電視就真的會在無形中變成家裡的小三，反而阻斷今天本來可以好好溝通或對話的橋樑。

沒話找話聊，豈不會太刻意？所以我建議，入睡之前，在床上可以各自選一本書來讀，雖然彼此在看書不會有直接溝通，但至少是一個很安靜祥和的氛圍。

　　也許讀著讀著，想到有事情要跟對方聊聊，隨時可以轉過頭去。比如說那誰跟我怎麼樣，某件事讓我怎麼樣，夫妻兩人應該是彼此最好的朋友，沒有秘密、沒有隱藏，隨時 update 生活近況，包括朋友圈、職場上的變化。當然討論的內容要避諱沉悶的持家經、孩子教育等相關過於嚴肅的話題，因為彼此聊完鐵定會不好睡。

　　以前我常覺得老公不夠懂我，這種感覺讓我很挫敗又寂寞，原來他不是我肚子裡的蛔蟲，我什麼都不說他無從得知，問題根本在於我。我時常跟閨蜜話家常、五四三，卻跟自己的另一半很有距離，後來經過重新排列，配偶往前移一位，我慢慢練習把許多心裡的話先跟老公說，不一定是針對「他」或是「我倆之間」，而是某件事我的想法與感受，哪怕是說出憂愁與擔心，都要更敞開的分享，讓老公來安慰。

　　這種感覺真棒！彷彿一條阻塞已久的水管終於通了！睡前聊聊天，有益身心健康，就是最好的情緒通樂！

　　當然我也很樂於當老公的安慰者，透過睡前聊天放鬆的氛圍，顯露出最真實的自己，不怕被嘲笑、沒有指責批判，這就

是全天下最棒的安全感！

夫妻之間應當如此，不要有任何的「包裝紙」！

一般我們常會認為說，**愛是一種激情、一種 fu（感覺），但實際上，愛是一種意志的決定。** 如果永遠要看感覺，很容易會變來變去，尤其是夫妻之間朝夕相處，可能因為對方一個眼神，或是隨口說出無心的一句話，就會讓我不舒服，「感覺」今天不愛他了。

正因為婚姻是神聖的，更加不能建築在感覺的基礎上。而既然愛是一種自由選擇後的意志，那麼為了能讓婚姻更好的走下去，用意志力踢走電視小三，應該也不是一件太難的事情，對吧？

愛情

家花絕對能比野花香

比起多數男人都希望老婆可以生個兒子傳宗接代，我們家老公則是有了兩個兒子之後，開始對於我們沒有女兒感到遺憾！

曾經不只一次，他會故意開我玩笑說，怕我快更年期了，是否可以得到太后我的允許，讓他去外面找一個漂亮的名模，最好是火辣辣的巴西模特兒，生個混血女兒。

每次聽他這麼說，我都會沒好氣地回說：「你去啊！最好是找得到啦！」老公聽出我的輕視口吻，不甘示弱繼續盧著說：「哎呦，妳怎麼這麼放心？！」

唉！煩不煩哪！我最討厭空談這種沒營養的假設性話題！

不甘心繼續反嗆：「先生，請問你到底是有什麼過人之處？高、富、帥，你具備了那一點？為什麼超級名模要跟你在一起？」

老公見苗頭不對，太后火氣上來了，他才趕緊安撫道：「好啦好啦，還是老婆最漂亮啦！沒生女兒沒關係，我看妳就好了！」哼！說了老半天，根本是想討拍！

而我嗆歸嗆，其實心裡都明白，這是我們夫妻倆特有的互虧方式，甚至是一種情趣。我也不會傻到把老公的話當真，因為現在的我們，對彼此已經具備無懈可擊的安全感。

即使常言道，「家花沒有野花香」，我卻堅信只要大老婆們願意用心經營婚姻，「家花絕對能比野花香」。

雖然男人大多是下半身視覺系動物，但我發現，現實生活中的男人之所以會外遇，往往跟電影情節演得不太一樣。電影常上演激情的外遇橋段，但現實生活中的男人會被野花吸引，通常是因為野花比較「柔情似水」，才會給人感覺聞起來比較香。

再加上，夫妻每天共同面對柴米油鹽醬醋茶，朝夕相處之下，醜態盡露，難免會少了一層朦朧美感。以我來說，戴浴帽燒飯、抬屁股放屁，外人見都沒見過，老公卻是天天在看，若是沒有留一手，偶爾在老公面前展現一下大老婆的性感魅力，

激情怎麼維持？

所以啦！就算阿婆款的高腰內褲穿起來超舒服，我還是不忘準備幾件「戰袍」，讓老公夜裡為之驚豔一下。白天也是，適度的打扮及身材的維持，也是身為老婆的基本功，因為賣相很重要！

再來就是，想要被老公疼愛，千萬記得自己要先變可愛喔！剛剛提過，野花會香通常是因為新鮮感作祟，外加溫柔手段，所以男人才會明知危險也要入花叢。

所以身為大老婆的我們可要反思一下，既然是自己選的老公，為何我們不能像對待外人一樣，用溫柔和耐心來對待自己的愛人呢？

但說到這一點，我要先自首，因為以前的我就做不到這一點！

以前我和老公感情最糟的時候，反而是我最「正」的時候，小腹平坦、腰比現在細、臀部更緊實！但因著婚姻生活中爭執不斷，我們吵到夫妻兩人分房睡，整個屋子瀰漫著低氣壓。

老公甚至被我抓包手機裡有曖昧簡訊，這對我而言簡直是晴天霹靂！心想，「拜託，你老婆我這麼正，你怎麼可能還會

對野花有興趣？！」但仔細想想，那時候我天天找老公吵架，外面的花花草草就算長相平庸，也一定比家中的母老虎可愛！也難怪，那時候的我身材火辣辣，老公的心卻是在外面。

然而現在可就不同了！雖然年過四十，已經不能再跟 20 幾歲的自己相比，肚皮變鬆，腰間也多了一團肉，歲月雖然在我身上留下了痕跡，我們夫妻之間的感情卻是歷久彌新，原因無他，就是我變得比較溫柔可人了！

將心比心，沒有人喜歡回到一個充滿爭執、欠缺愛與溫暖的家，**想要追求婚姻的幸福美滿，身為家花的老婆只要懂得溫柔以待，同時綻放出最美的自己，絕對有辦法勝過野花，也幫老公抵擋野花的吸引力。**

更何況，全天下的老公們也不要忘了，縱使家花沒有野花香，但「野花沒有家花長」，真正能陪你走完漫漫人生長路的，終究還是你枕邊的那朵家花！

害死人的新女力

　　有次，受邀參加一個以新女力為主題的座談會，那天總共有五個領域的達人到場演說，我則是演藝界代表。

　　席間，聽到前面幾位講者分享的內容，讓我臉上三條線，完全接不下去，輪我壓軸分享時，我索性直接傳福音，強調就是因為信仰，翻轉了我的人生，挽救了我的婚姻！上帝如何幫助我和老公彼此改變，我們是如何從過去的爭吵，到現在變得可以理性對話。

　　其中一位小有名氣的資深女性講者，熱衷於教導女人要怎麼讓自我意識抬頭，不要輕看女力，乍聽之下好像都很對，後來會發現其實都是以自我為中心包裝的謊言，太可怕了！

現場她還說了一個笑話，大意是：「有一對老夫老妻成天吵吵鬧鬧，有一天突然不吵了，因為老婆終於開竅了，心想何必吵呢？反正老公死了以後，遺產都是我的。」

我明白那位女性講者講笑話的目的，是想勸大家不要為小事抓狂，也不要在莫名的情緒上糾結，可是用這個比喻是完全沒有愛的，所以是要教導時下的老婆們，為了錢想辦法讓自己的老公短命嗎？還是提醒老公們每次喝水，都要先聞聞看是不是有色有味？

以前我聽到這種笑話通常會跟著哈哈大笑，甚至酸言酸語答腔說：「拜託！我老公還沒有遺產可以留給我！」然後再搭配翻個白眼之類的，現在非但不會，還會開始反思時下這種新女力潮流所衍生的問題，令人憂心。

結論，現代女性過度強調女力覺醒，扭曲其含義，樓太重，歪了！

你笑我思想傳統也罷，**我認為在一個家庭當中，真正的女力，是該思考如何正向強化母親這個角色，因為母親是一個主導家庭幸福的關鍵人物。**

Happy wife, happy life. Happy Mom, healthy child. 在我看來，那才是實質意義上的女力覺醒，而非妳是怎麼樣以自我為中心，

如何追求享樂，或是對人對事刻意表現出一派瀟灑，那些都不是真實的女力覺醒，是虛的。

擁有賢淑才德的婦人，才能成為老公的賢內助，況且如果你是真心愛孩子，就要先把自己照顧好，然後帶給孩子們正向影響力，用美善去影響他們的人生。

以往，我總是活得很「自我」，常常「老娘上身」，讓老公受不了！我總是擺出那種「老娘想要怎樣就怎樣，因為錢都是我賺的」的高姿態模樣。我可有骨氣哩，吵架不低頭，氣焰不輸人，甚至在外人面前虧損老公。進入婚姻生活中的經濟獨立，不斷自我膨脹，「老娘心態」根本就是摧毀我婚姻的手榴彈！

最明顯的例子就是，以往每年我都會安排一、兩次跟女性朋友出國遊玩，而且是說走就走、拋夫棄子的那種率性，只因覺得老娘工作這麼辛苦，放個假也只是剛好而已，加上又不是花老公的錢，我覺得自己根本無需顧及老公的感受。

又或者是，暑假我想帶兩個孩子去哪裡玩，我總是自行決定地點和日期，老公只有被告知的份，因為我想說他能來就來、不能來就拉倒，這趟旅程完全不會因為他無法配合就作罷，長此以往，他身為一家之主的自尊心也難免受傷。

試想，在一個團體中若是被孤立，感受一定很差，更何況

是一家之主。

職業婦女不要抗議，傳統價值觀永遠不會過時，哪怕是雙薪家庭，家裡永遠只有一個頭，也只能有一個頭，雙頭蛇打架哪裡都去不了！頭想轉、脖子卻不跟，會扭到！

在現實生活中我不乏看見朋友圈裡，有人因為婚姻不幸福，藉由吃喝玩樂、遊山玩水、名牌消費甚至玩到牛郎店撒錢，再多物質也無法滿足內心的空虛，這顆新女力糖果，外面是美麗的糖衣，吃下去很甜，卻沒有任何營養價值！

凡事不要極端，女強人不要變成武則天，家庭主婦也不要變成日劇中的阿信，別讓金錢與能力去斷定先生在家庭中的價值與地位。

其實很多事情本身都是中性的，重點在於你去執行時的心態。只要不是出於「老娘說了算」，如果時間跟預算 OK，偶爾跟姊妹淘出去喝喝下午茶、做做 SPA，甚至老公同意放假，出國走走 girls trip，當然這些都是很棒的事。

放鬆完後回到家，也別忘了給親愛的老公一個愛的抱抱，使出溫柔婉約的真女力來收服老公，讓他甘願把妳這個老婆捧在手掌心！

對比以往，現在我被老娘心態附身的頻率愈來愈少。孩子放假了，我都會以他們的時間為主，先問問他們有沒有什麼安排，如果沒有安排，我會問他們想做什麼，有時候看個電影或逛個街，年輕人如果有約了，當媽的我才會去安排自己的事情。甚至我也養成習慣，寒暑假出遊計畫，現在一定會事先跟老公討論。

　　妻子懂得尊榮丈夫，夫妻關係不失衡，家庭才能幸福又和樂！

Part 3

親子
PARENT CHILD

你我都有一口被蓋起來的井

　　當今只要熱心民眾看到有父母在打小孩，二話不說，肯定會拿起電話打給113家暴專線，哪像我們早年生長在體罰年代，被打是家常便飯，甚至家長還會拜託老師，好好管教自家小孩。在學校，若考試分數沒達標，老師會用藤條狠打手心；然而在家裡，我更是被媽媽從小打到大，舉凡麻將桌上的牌尺、鐵製的長條鞋拔子，都是媽媽隨手可得的家法「家私」！

　　現在想起來，媽媽當時可能因為要獨自撫養我長大，身心壓力太大，又不知道該如何抒發自身情緒，也不懂得用正向方式傳達出對我的在意，導致情緒反差經常很大，她自己很辛苦，我的日子也不好過。

　　小時候練琴，媽媽會拿著一根牌尺在旁邊伺候，彈錯音打

手、踩錯拍打腳：小學寫數學作業，不過是一道算術題卡住，媽媽也可以失控到隨手抓了東西就往我臉上砸，一個不小心，我立馬眼球內出血！

印象中，只要我犯了任何錯，媽媽永遠都會有出其不意的一巴掌來指正我的行為，這一點周遭的親朋好友都知道。記得有次吃霜淇淋，一個重心不穩，不小心掉了一坨到地上，頓時不只我驚嚇住了，一旁的親戚也正屏息以待，此時空氣凝結，因為大家都在等著接下來的情節發生，就是我媽往我臉上呼一巴掌。

是不是很有畫面？現在的我也許可以跟你輕鬆敘述，兒時被打的慘痛經驗，身上沒有留下傷痕，但，其實那些羞恥感、脆弱感，至今仍點滴在心頭……

太常被「巴」的結果，讓我宛如驚弓之鳥，只要媽媽的手一往上舉，我的眼睛就會反射性地瞇起來，超悲哀！但最慘的還不止於此，如果體罰方式有排行榜的話，打耳光對我而言只會名列第二，排行第一的是，被關進烏漆麻黑的儲藏室。

這是我內心深處最大的痛，媽媽打我打累了或是不想打了，就會把我鎖進儲藏室自我反省。其實裡頭空間很小，大概只能站一個人，然後擺一些像是掃把、畚箕、吸塵器這類的東西，人走到裡面就只能呆站著，不能蹲更無法躺。可怕的是，

沒有窗戶，燈的電源開關在門外，我媽還會故意把燈關掉，留我獨自在漆黑中。

媽媽知道這是我的弱點，只要把我關在裡面一下下，我就會哭著拍打儲藏室的門，央求她放我出去。從小身為獨身女，我不敢一個人睡覺、不敢獨處，我就是怕黑又怕鬼！一個人被關在儲藏室裡的壓迫感與無助，帶有極大的殺傷力，所以我情願在外面被拳打腳踢，也不要被關！我終於明白了電影中上演的情節，犯人為何最怕進入禁閉室！

這塊記憶，彷彿一口井，望進深處只是一片漆黑，不敢靠近，就怕會掉下去。

感謝信仰，在跟隨耶穌的旅程中，讓我有許多機會拜訪當年那受傷又害怕的小蒨蓉。彷彿坐上時光機，我回到那間儲藏室，看見小蒨蓉被關了起來，又哭又喊，心中有著極度的恐懼，她害怕一個人，她怕黑暗的吞噬，她更怕媽媽的拋棄！

於是我問耶穌：「祢在哪裡？」耶穌送我一顆燈泡，叫我自己去把它拉開，頓時儲藏室變明亮了，黑暗給人的恐懼感不見了，接下來，儲藏室的門開了，下一秒我就進入車水馬龍的人群中。

這是個很奇妙的經歷，你說我是在自己想像也好，自我催

眠也罷，以前，我並不知道兒時被關的體罰，會對心靈造成多大的傷害，直到多次經歷神的心理醫治，我才意識到雖然現今已長大成人，我不再怕黑、可以獨處，但是那口井，總是在我心深處，它雖安靜，卻未曾消失。

這是我的成長創傷，長大後我們總會合理化許多事情，童年時期的家暴、霸凌，也許有些人可以忍、可以硬撐、可以假裝淡忘；我相信每個人的心中都有一口，被蓋起來的井，孰不知創傷不會不見，只是被我們用成熟、理性的方式，壓在地下室，從 B1 到 B2，然後再到 B3、B4、B5，越壓越深。

請你跟我一起思想，時光無法倒轉，**不要去怪罪或是怨恨當初傷害自己的人，事情真的都過去了，但是我們可以回到過去，重新調整那時候的自己，打開那口井，裡面的污水，需要一次又一次地釋放。**

別再害怕，學會面對那口井，有朝一日，你能從其中取水，甚至坐在井旁愜意地哼歌。

現在的年代可不一樣了，如果學生被老師體罰，隔天鐵定上新聞！小孩子到底能不能打，每個家長都有不同的答案。

話說當我們家孩子還小，不聽話、調皮搗蛋的時候，我會打屁股；功課沒有達標時，我會打手心。本人用的處罰工具是雜貨店買來的愛心小手，雖然不足以造成什麼殺傷力，但是搭配媽媽我威嚇的表情，加上使勁全力揮下去的力道，小孩子當然還是會怕……

但面對這一類的體罰，我們家兩個兒子的反應截然不同，哥哥的態度就是一副「小子我沒有在怕的！要打趕快打！早痛早結束！」；弟弟則是嚇到完全不敢伸手，整個過程中手一下伸、一下縮，不斷地哭泣求情，看在我這個媽媽的眼裡也真是

兩樣情。

　　以前的我年輕不懂事，沒有拿捏好體罰的輕重，也曾因一時情緒失控，「失手」呼了兒子一巴掌。印象中，我們家老大約略小學三、四年級的時候，有天我在教他寫功課，他做了一件很不可取的事情，細節我現在已經忘了，但始終還記得，當下我整個人怒火中燒，反射性地就伸手給他「巴下去」。

　　我記得很清楚，當時不是輕輕打，而是完全沒經過思考，就是一股「要給你好看」的衝動，力道重到讓哥哥的嘴唇撞到牙齒，導致嘴角有輕微出血。打下去的那一瞬間，我立刻就後悔了，反倒是個性好勝的哥哥，一滴眼淚都沒有掉。

　　當下我沒有馬上道歉，看見孩子微腫的嘴角，讓我揪心又鼻酸，礙於顏面，媽媽的威嚴要 hold 住，雖然內心波濤洶湧，但是我依舊選擇故作鎮定，板著臉開始說教。

　　就算孩子犯錯在先，我的反應也實在是不可取，沒多久當我主動溫柔攻勢，與孩子親親抱抱的時候，機會教育讓他明白為娘的心境是，打在兒身痛在娘心。孩子畢竟還小，也許媽媽的道歉和「秀秀」的安慰，馬上就能讓童顏展露出笑容，但是，恐怕那小小的心靈已經有了塊破洞。

　　雖然事隔多年，為了那「重重的一巴掌」，我的心中一

直有股虧欠，尤其在認識上帝之後。信仰幫助我拾起勇氣，學習為陳年往事道歉。於是乎，多年後當哥哥長成了青少年，我用一種像在跟大人溝通的方式，認真的把這事情提出來跟他討論，而且是慎重道歉。

我跟兒子說：「媽媽以前不懂事，沒有控制好自己的情緒，打了你一巴掌，非常抱歉，請你原諒我。有沒有因為這個事情讓你耿耿於懷？」哥哥回答是：「喔！那個啊，對啊，我記得！沒關係啦！都打完那麼久了。」

由此可見，孩子是記得的！在媽媽心裡遲遲過不去的巴掌事件，在兒子的心裡一定也有造成陰影！雖然哥哥嘴巴上講得雲淡風輕，一副不在意的大器表態，就像他兒時被打手心的無所謂，但我很清楚，這次媽媽真心誠意的道歉，他確實收到了！母子關係中的那點瑕疵，也被愛塗抹了！

繼巴掌事件後，我再也沒有打過小孩了！

最近我認識了一位單親媽媽，因著生活上的壓力，經常對孩子失控發脾氣。有次我問她：「妳都怎麼打？」她的回答竟然是：「胡亂打！」

我聽了有些心疼，由於自己小時候也是這樣被胡亂打到大，我非常明白那種被打的恐懼與羞恥感。所以我好言相勸那

位年輕媽媽，還是要控制一下情緒，並且改變管教方式，以免造成孩子日後的心理創傷。

我之所以對於「呼兒子巴掌」深感懊悔，正是因為想到了「己所不欲，勿施於人」，既然我痛恨極了兒時被母親這樣對待，怎麼自己當了媽媽之後卻是這樣對待孩子呢？況且，呼巴掌是種極羞辱的攻擊，這一呼，把孩子的尊嚴都打掉了！

在親子教養部分，本人還有很大的進步空間，倒是還蠻感謝我老公的。他跟兩個兒子的父子感情很好，我們夫妻沒有特定誰扮黑臉或白臉，反而在親子溝通那一塊，留美教育的老公可以給孩子們更多正向的西方思維跟引導。

記得某天早上醒來，我告訴老公說：「哥哥這次數學考得很差，我實在不太爽，但是昨天因為家裡有客人在，不好意思罵兒子，今天看我怎麼好好『修理』他！」。就這樣口頭上不經意的說出「修理」兩個字，但其實我想表達的是「該處理這件事情」，好讓哥哥看重課業學習。

沒想到我的表達直接讓老公當真了！竟然使出舞台劇演員般的誇張肢體動作，認真地說：「李蒨蓉，我們要用主耶穌的愛去管教孩子，不能用修理。」聽得我哭笑不得，趕緊澄清說我所謂的修理並不是要用打的，兒子都這麼大了，我只是在想說要怎麼樣好好的去告誡他，讓他知道事情的嚴重性。

這個對話也讓我反思到，對大多數的父母來說，當孩子不乖或表現不如預期時，「修理」似乎真的比較容易，既省事又可立即見效；相較之下，用包容、勸導反而困難許多，因為父母要懂得忍耐，花時間等待孩子慢慢改變，過程中還要有教導的智慧……

有時想想，當父母真的好不容易啊！但幸好現在有《聖經》教導，讓我知道當父母的不要惹兒女的氣，以免他們失了志氣。**縱然孩子還是需要被管教，但我們盡量動口不動手，畢竟「愛的教育」終究還是勝過「鐵的紀律」喔！**

　　某年暑假，我帶著我們家兩個孩子去新加坡玩，出發前不斷耳提面命地說，新加坡是個非常乾淨又強調法治的國家，千萬不能嚼口香糖，否則會被鞭刑！哈哈，我知道自己言重了！總之，到了那兒，兒子們對於獅城的整齊與衛生果真讚不絕口，不誇張，就連公園裡的公廁都是香的，超級乾淨！

　　沿途中聊著聊著，孩子們好奇地反問說：「媽媽，妳這輩子上過最可怕的廁所在哪裡？」我想了想，好像是二十年前去大陸出外景節目，在前往雲南偏鄉的途中，我實在是憋不住了，就請司機停在路邊的公廁讓我「方便一下」。

　　哪知道這樣的方便，卻變成生命中的如廁夢魘。講公廁大家可能覺得還好，其實說白了，那根本就是個茅坑！才剛走

近，撲鼻而來的屎尿味就薰得我頭暈，一格格沒有門的隔間，每格就一個洞，沒有沖水器，所有排泄物都堆積在洞裡。

我還記得當時是一個黑茫茫的夜晚，茅坑沒有燈，僅靠著月光，我摸黑一腳跨過茅坑，那個茅坑的洞好大，我不怕臭、不怕髒，但是好怕掉下去，讓我上廁所上得心裡皮皮挫！不過話說回來，這說的可是二十多年前的大陸鄉下，現在的建設已經進步太多了。

而且，要說本人此生難忘的如廁經驗，這還只是第二名。阿帕契事件發生時，在桃園地檢署上的那次廁所，才真的是令人崩潰！

被帶到桃園地檢署偵訊當天，對方問什麼我就答什麼，沒什麼好隱藏，因為我們就是單純去看飛機，既非間諜也不是為了洩漏或兜售國家機密。但從早上六點到深夜，長達十幾個小時的偵訊過程，問的問題不斷鬼打牆，加上不確定自己會不會因此陷入牢獄之災？我整個人的情緒緊繃到極點。

有一個讓我真正潰堤的爆哭點，是在結束一整天的偵訊，去上廁所的時候。那時的我身心俱疲，加上自責打卡牽連到其他同行友人，所以心理壓力極大。

當時夜已深，地檢署的廁所已經關閉，必須穿越到臨時看

守所的牢房，長這麼大我還沒有進過監牢，更別說與現行犯近距離接觸。

廁所在臨時看守所的牢房裡。我的印象極深刻，男女囚分開，我必需先經過男囚區，拐個小彎，才能轉進女囚區，廁所只有一間，是半開放式的。

我必須承認，因知道他們是現行犯，我難免因偏見而心生恐懼，當我用眼角偷瞄著他們的模樣，也許是心理因素使然，覺得他們看起來還真有些可怕，尤其在經過男囚區時，竟然還有許多人跟我信心喊話，高呼：「李蒨蓉加油，我們支持妳！」。

我禮貌性的回以一笑，但嘴角卻是在顫抖，雖然隔著鐵條，我彷彿聞到一股令我不寒而慄的氣味，我不敢與他們眼神接觸太多，默默地低頭走，只想快進快出。反倒是，女囚區只有小貓兩隻，窩在牆角低頭不語，我的心裡一陣酸，不禁悲從中來，想說自己到底是犯了什麼滔天大罪，必須落難到這一地步？

此生最難忘的如廁經驗，我的排行第一名，是在牢房裡。

事過境遷這麼多年，那晚情緒潰堤的爆哭，經過牢房的全身緊繃，回想起來還是心有餘悸，但是一切的酸苦、埋怨、不

親子

解，甚至是悔恨，真的已經越來越淡了。反倒是得知兒子竟然也在看所守上過廁所，讓我再度流下了眼淚，然而，這次不是傷心淚，卻是媽媽我獲得安慰的眼淚。

我們家兩名高中生加入教會青少年團契，連續兩年暑假參加短宣活動，第一年跑去偏鄉當小老師，協助國小低年級生寫功課，第二年跑到花蓮看守所傳福音。

花蓮看守所裡面分有男女子、青少年、勒戒所，聽著戒毒者訴說染上毒癮的痛苦，此趟行讓吾家小犬明白了，好奇心會害死人，毒品萬萬碰不得，並且聽著「大哥們」說著「歹路不可行」的道理，孩子們在看守所裡的學習，勝過一切家長、老師們的叮嚀。

那一年大兒子 15 歲，站在台上分享上帝，台下坐的全是刺龍刺鳳，等待被判刑的「兄弟」，孩子緊張的拳頭緊握，來回踱步，看得大哥不耐煩，嗆他一句：「不要再走來走去了！我又不會咬你！」大哥看似兇狠，其實是在安慰孩子放輕鬆。

孩子回家後，與我分享當時點點滴滴的故事，聽得我流下感動的淚，我為孩子們感到驕傲，我更感謝神，一路走來的安排與帶領。

我終於明白凡事沒有偶然，因為身為媽媽的我，若是不曾

在牢房裡上過廁所，孩子怎麼會有機會參與教會活動傳福音，並且獲得這麼多的寶貴經驗！

　　過去的羞恥，也許是日後的祝福，這道理就好比是人家所說的「化妝過的祝福」，雖然有些祝福降臨在生命中的方式，表面上看起來很討人厭，甚至很扎心，但是只要懂得轉化的智慧，每一個看似負向的經驗，實際上都可以為你帶來另類的祝福喔！

親子

大年初一
從磕頭到禱告

　　每到農曆年節就會發現，家家的習俗各有不同，也因此更添幾分年味！像是我們家婆婆就規定，大年初一不可以洗澡，認為會把好運洗掉，所以趁著年三十的晚上十一點以前，一定要先洗香香；大年夜守歲，冰箱也一定要擺著一條煎好的魚，並且咬上一口，以便象徵年年有餘。

　　其他還有就是大年初二以前，不可以倒垃圾，以免把財運倒掉；紅包一定要放在枕頭下，才叫壓歲錢……諸如此類的一些年節習俗與小禁忌，老人家都交代了，我們這些後生晚輩自然就乖乖跟著 follow。

　　但，重點來了！不知道打哪一年開始，我們家老爺竟然也開始「設計」起過年習俗。為了在大年初一洋溢出一身喜氣，

咱家老爺規定一家四口都要穿「紅色新衣」，這事讓我有點小不爽，因為假設我還要再活五十年，衣櫃裡豈不是會再多出五十件紅衣服？暈！

再加上，兩個孩子正值青少年，不僅對自己的穿著打扮有主見，針對老爺規定要穿大紅上衣，以示喜氣，他們的臉上也很三條線。「那不穿紅色，穿橘色總行了吧？」後來老爺退而求其次，妥協接受孩子們穿橘色，覺得那至少象徵大「吉」大利！聽得我無奈又無法反駁。

另一個讓孩子們也很悶的規定是，他們小的時候，我和老公會利用發紅包的機會，訓練他們說吉祥話，近幾年孩子們大了，老爺出新招，改為規定要在大年初一給爸媽我們磕頭拜年，才能領紅包。

就這樣，我們兩老坐在沙發上，兩個兒子磕頭跪拜，我跟你講，這種感覺超奇怪！還好，老公說只要拜一下，不用拜三下，要不然我都懷疑自己變成祖先牌位了！

原以為這種磕頭拜年的規定，可能要一路實施到孩子們成家立業，不領紅包為止，但沒想到信仰真的改變了我老公好多。在他認識上帝之後的某次農曆年，一早醒來，正當我以為老公又要把兒子們叫來磕頭時，他卻做了一個完全出乎我意料之外的舉措。

親子

那天，他主動說：「我們要一起為孩子按頭（手）祝福！」我當場愣住了，乖乖，如此突然的轉變，讓我又驚又喜！在為孩子們禱告的時候，老爺一臉淡定，當媽的我卻禱告得一把鼻涕一把眼淚，但其實祝福的內容沒啥特別，不外乎就是希望孩子們能平安長大、好好讀書之類的。

　　雖說人人皆喜歡大富大貴，特別是在過年的時候，總是滿心期盼新的一年能迎來好兆頭，當時我卻選擇用最平實的禱告內容，祝福孩子和我們一家，並且在內心高唱《感恩的心》，因為一家四口平安相聚在一起，彼此說著祝福的話語，這不就是人生最好的福分嗎？

　　因著這樣的一路演變，咱們李家的過年習俗，已經從大年初一的磕頭跪拜，變成了祝福禱告。除夕夜在婆家吃年夜飯時，老公也會帶頭做謝飯禱告，祝福全家人和樂安康。一旁的婆婆更可愛，總是會先很應景的跟著說：「阿門」，吃完飯照樣趕去行天宮拜拜，哈哈！但儘管如此，我還是覺得很棒！

　　分享完我們家的，那麼，農曆年節你們家的習俗有哪些呢？其實啊！不論每個家庭的信仰為何，若是能上對長輩、下對晚輩都多說吉祥話，以及獻上更多的祝福，增進家人們之間的情感交流，那麼所謂的年節就不會再只是流於形式。

　　更何況，有愛，才叫過年啊！

iPhone 多了一個新功能，是分析每天 user 的螢幕使用時間，還有統計圖表。比較每日、每週的使用時數，每次看到報告我只能嘆聲氣地滑過去，看到自己的數據幾乎天天都是 3、4 小時以上，總覺得無奈，科技帶來的生活便利，就靠著薄薄的一小片螢幕，即時回覆簡訊、email、上網找資料、爬文、買票、訂餐廳，為了業配，本人我還得用手機拍攝影片＋剪輯呢！有時候看到使用時間降低到 2 小時，我還會有種誤以為自己變健康的假象呢！

手機總是黏在手心上，等紅燈、排隊時習慣性地滑，下意識的行為占據了所有瑣碎片段的時間，造成生活中的焦慮，更是拉遠了人與人之間的距離。

某年母親節，讓我印象非常深刻。我們一家人在外用餐慶祝，隔壁桌坐了一位媽媽跟兩位大小孩，孩子感覺應該是大學生的年紀。讓我好奇的是，就他們一家三人，沒有父親、奶奶或是外婆，反觀我們這一桌三代同堂，還挺熱鬧的。

隔壁的母親和兒女三人，格外的安靜，籠罩著一股低氣壓，媽媽的臉很臭，孩子們也面無表情，我心想，今天不是母親節嗎？怎麼媽媽的臉上毫無笑容？更糟的是，整個用餐過程，他們三人通通都在滑手機，完全沒有互動或對話！

這讓我想起網路上曾經流傳一些諷刺照片，照片中不論是朋友、情侶，餐桌上、床上，人人都在各自低頭滑手機，零互動！這個道理就像電視曾經是我婚姻關係中的小三，智慧型手機的使用上癮讓人們之間不再對話，彼此在身邊，卻是最遙遠的距離，現在市面上還出版一本書籍，教你在 30 天內，如何與手機「分手」！可見，人們也開始意識到使用過度所帶來的殺傷力！

我們家幾乎天天開伙，對於餐桌禮儀我們家可是有很多規矩，謝飯禱告、飯後自己收碗筷和餐椅要推回去，還有吃飯的時候不可以看電視，更不可以滑手機！

老實說，我自己有時候也會不小心犯規，邊夾菜邊拿起手機看了一下，被孩子們抗議，怎麼可以雙重標準？我是在聯絡

工作事務，媽媽是在賺錢啊！如此冠冕堂皇的藉口，講得我一點都不理直氣壯，心虛之下只好破戒讓兒子們也可以玩手機。剛好，那晚老公不在家，母子三人各自滑著手機，的確還挺自在又輕鬆的。果真，一頓飯吃完，彼此間零對話。

以上完全是錯誤示範！

我會建議所有父母親，真的不要因為工作忙碌而忽略了和孩子吃晚餐的時間，更不要變成邊吃飯邊滑手機！爸爸媽媽要自己以身作則，把握日常珍貴的「餐桌教育」，短短的用餐時光，把時間付出給孩子，是最好的投資！

他在學校一整天學了什麼？和同學之間的人際關係怎麼樣？到底有沒有喜歡的女生？哈哈，最後這句是媽媽我最常逼問兩個兒子的，晚餐時光是你了解孩子最重要的機會，千萬不要錯過，這段最重要的交流時刻！

或許會聽到孩子說校規很古板、那個老師怎樣偏心、某位同學是豬隊友……等。青少年的抱怨多於感謝是正常的，回想起我在那個年紀時，總覺得所有人都比我笨，地球轉得比我慢。

大人的世界複雜多了，你們要好好珍惜當學生，無憂無慮、最幸福了！千萬不要倚老賣老講這種話，孩子們會覺得「寶寶說了，你們都不懂！」。

父母親的角色要亦師亦友，當下如果無法給予認同，那麼試著先傾聽，一來讓孩子完整表達，二來他會覺得你聽進去了他的委屈，這時候父母再軟性地開導，表現出同理心發表客觀感受，而不是一開始就完全否決、潑冷水，那麼以後孩子可能就不願意再說了；另外，也不要好像為了討孩子歡心而去刻意迎合，是非黑白還是要說清楚，不為之起舞。

　　當然，我也會分享「大人見解」，學校是一個體制需要遵守，就像到人家家作客鞋子是要脫在玄關還是門口，都是尊重別人家規的基本禮貌。學校也像是一個家，凡是正常體制之下都應好好 follow。爸媽這時候扮演的角色，應該是安慰與開導，而不是和孩子一個鼻孔出氣，將孩子養成了一個媽寶。

　　另外，利用輕鬆聚餐，進一步了解孩子的交友狀況，都是最自然的方式和蒐集情報最好的時機！餐桌上開口談心，更是一家人凝聚感情的時刻。

　　不論是跟朋友、家人們聚餐，別再只是把手機反蓋，只要手機在桌上，都會發射出誘惑人的信號。試著關靜音收起來，專注你前方的人，聊天談心，經營關係，更別讓螢幕使用時間，奪去了教育孩子的機會。

現代父母在教養方面，面臨到的最大挑戰，大概就是孩子的手機使用問題。針對這一點，我和老公也很苦惱，尤其是在孩子大了開始自己搭捷運上學，放學後還要去補習，沒手機聯繫，萬一發生事情怎麼辦？真是兩難啊！

辦手機給孩子，目的就是讓爸媽圖個心安，不僅可以隨時定位小孩在哪裡，有事情也可以隨時聯繫，搞了半天，那是我在想，實情上，反倒是兒子時常忘東忘西，手機遙控媽媽充當人肉快遞，送去學校！

話說回來，幫孩子辦手機的代價，不僅是賠上視力健康，更要掌控手機上網的風險，所以老公也事先在他們手機裡安裝一款 app，parental control 類似色情守門員的功能，除了能阻

擋情色網站，還有限時功能。

比方說，老公會設定孩子每天可以使用手機上網的時間，一天只有兩小時，超過了就會自動斷線，不能看 YouTube、不能玩手遊，控管軟體甚至還有分析功能。

今天孩子看多久的 YouTube，滑了多久的 IG，花多少時間在看簡訊，凡走過必留下痕跡，逃不了爸媽的法眼。

有無破解？當然有！手機的使用者可以隨時刪除該軟體！那麼，孩子是否可以擅自移除 app？當然可以！我們家大兒子就做過這樣的傻事，哈哈，試想那個畫面就像小偷一打開保險箱，警鈴大響！

因為，被監控者一旦移除，系統立馬發出通知，通告管理員，也就是設定的家長，當下孩子可能一時嚐到了甜頭，回到家恐怕就吃不完兜著走了！別擔心，我們家不體罰，倒是老公給兒子訓誡了很久。

吾家小犬都上高中了，寫功課要用電腦，也需要上網查資料，出門要看 Google Maps，幾乎天天都要上網，但實際上，我們也都知道網路世界的情色資訊處處充斥，而且無須真槍實彈，無可避免的廣告視窗，引人聯想的影射畫面、某些網紅煽動人心的想法，都在荼毒著我們的下一代。

某位自譽兩性專家的網紅，經常上節目或在自己的頻道上，高談闊論男女床第之間的性事，看得我傻眼，表演風格露骨得 over，身為大人的我們聽得都臉紅心跳，更何況心智尚未成熟的小孩？偏偏這種遊走在「十八禁」尺度邊緣的內容，又是情色守門員軟體最沒輒的一類，無從辨識，無法阻擋，又在 YouTube 上是高人氣的點閱率。

　　最讓人擔心的是，該網紅只強調技巧、歡愉、刺激，其中卻欠缺了「愛」。

　　我們要如何教育青少年初嚐禁果是要付出代價，性愛是要建構在愛的基礎上才會美好，不論是男是女，要懂得珍惜愛護自己的身體，也要懂得尊重對方，恪守貞操絕不落伍！

　　這些學校沒有細教、爸媽羞於啟齒的性教育，都讓某兩性專家，畫錯重點，給說歪樓了！

　　憂心的我時常叨念老公說：「拜託！你看什麼時候，趕快給兒子上性教育課程！」人家說生女兒太多擔心，其實，生兒子也是一樣的操心！

　　總之，網路世界的情色資訊，無論當父母的怎麼樣想方設法擋擋擋，終究防不勝防，還是得回歸到家庭教育，協助孩子建立健康的性觀念，像是如何尊重身體的界線？很多爸媽對於

這一類的話題不好意思開口,責任全丟給學校;甚至認為孩子大了自己會懂,家長們還是認清事實吧!學校教得很有限,而且這個世界給的,很有可能是錯誤的教導!

除了性教育,還有物質觀、道德觀,一不小心,孩子都有可能在網路的世界裡走偏了!

當孩子太沉迷於手機,我的方式也不是沒收手機,而是提供他們一些適合青少年看的心靈書籍、勵志故事,先看書,才可以滑手機。

我知道不是每個孩子都屬於獨立自主、自發性很強,有些孩子確實需要被鞭策,但與其每天對孩子耳提面命或是不斷叨唸,甚至是沒收手機,還不如積極協助他建立一些好習慣,多多餵養他一些正面的東西。

更何況,這個世界本身就是一個大染缸,孩子長大以後也要在這個世界上打滾,父母不能因為擔心孩子受到世界的荼毒,從小就把他當成溫室裡的花朵在照顧,以免有天突然把他丟到這個世界的時候,反而迷失了,所以平常還是要給他抵抗力,而抵抗力就是來自父母的家庭教育。

父母就算是 LKK 也要學會跟上時代,本人就有在 follow 兒子們看的 youtuber,為的就是希望跟他們有共通的語言。當孩

子們主動跟我分享某支影片說：「媽，妳看，這個太好笑了！」，不得不佩服，有些 youtuber 真的很有才華與創意，看得我也是哈哈大笑，當然也有很多無厘頭的內容，讓我額頭三條線，無言又想翻白眼，不過，我還是會耐著性子看完，因為我要知道孩子在看什麼，了解他們的喜好，這就是一種把關。

提醒天下父母親，看的過程中就算再不以為然，也不要讓孩子覺得這個東西超級沒有營養，千萬不要有任何的打壓，試圖聯想任何正面的分享，畢竟這已經是他們不可抹滅的興趣和習慣，若是不試著去了解跟接納，孩子反而會離你越來越遠。

就像學一個新的語言，我不一定喜歡、也不一定有興趣，學習的目的，最終就是為了溝通。

面對孩子沉迷 3C 科技的這個親子教養問題，雖然基本的設限和把關工作還是要做，但別忘了，**父母透過家庭教育所建立的正確價值觀，才是孩子最好的心靈守門員喔！**

有次載朋友的小孩搭便車，小孩子坐在後面望著車窗，對著經過的車輛點名。

「喔，這是賓士」

「是，這是 BMW」

「喔，這是保時捷」

「喔，這是 XXX，喔，爛車！」

小小孩還在上幼稚園，這麼厲害就會辨認各家車廠，童言童語聽似好可愛，但是，不好意思，本人開的就是 XXX，也就是那張小嘴裡的爛車！

人家要如何教育他的小孩，不關我的事，若是我們家的孩子，那可不行！我們家兒子直到國中的時候都還搞不清楚豪華

車系的差異，更別說歐洲車、美國車、日本車、國產車價格上的落差，對孩子而言能有車坐就要感恩！

到現在我們家弟弟還會有感而發地說：「騎摩托車真的好辛苦，要忍受日曬雨淋」，此時我就會機會教育，開導孩子，開車的人沒有特別好，騎車的人也絕對沒有特別差，就像你每天坐捷運上學，你有特別自卑嗎？孩子回答當然沒有。這就對啦，每個人因著生活上需求不同，有著不同的選擇，不論是哪一種交通方式，通通都只是一個代步工具。

我知道很多小男生的爸媽都會買模型車，讓孩子分辨各個品牌車，但我們家從來不買！兩個兒子直到高中某日，看到同學坐勞斯萊斯上學，才知道原來前面有個「小天使」，那是有錢人坐的車。

我始終想讓兒子們明白，從以前他們念私立小學，到現在就讀國際學校，周遭同學的家境大多很好，就以為全世界的人在過的生活，都是他們所看到的那樣，其實不是！

偶爾他們去同學家的豪宅做功課，門口氣派、警衛戴墨鏡，媲美飯店的 lobby，還有交誼廳，我們家兒子是鄉巴佬，還會興奮地拍同學家的照片回來給我看。我通常會先附和說：「哇，好豪華喔！」但回頭還是會讓他們了解，其實不管金窩、銀窩，只要我們家有愛與溫暖，自己的家永遠就是最舒服的

窩！主要就是讓孩子去見見世面的同時，也不要讓他們因此有自卑感，覺得自己矮人一截。

這種稍晚的啟蒙，對我們家孩子在金錢觀方面最大的受益是，他們不會一開始就把十元當成理所當然，而是知道十元與一元的差別。但同時他們不會因為沒有十元而感到自卑，也不會有一種不健康的比較心態。

反倒是為娘的我，爭當「物質人上人」的心態，是到了近幾年才慢慢修正過來。

想當年老大剛出生時，為娘的我因為虛榮心作祟，買了某名牌的麂皮款娃娃鞋，鞋底乾淨的不得了，從來沒有落過地，因為小孩才六個月，根本連路都還不會走！為了拍照穿過幾次，就這樣！下個月，孩子的腳長大就穿不下了！

隔年生老二，因為不能偏心，同款鞋我又再買了一雙！純粹只是為了揮霍的爛理由！只能穿一個月的名牌鞋，最後通通都送人了！

現在我們家大兒子的腳 11 號，還在成長中，鞋子大到看起來像艘船，穿的不再是名牌鞋，而是平價的全家福款！每雙幾百塊的價格，穿到開口笑也不心疼，有時候我看兒子的鞋頭漆都磨掉了，我便提議換雙新鞋，倒是孩子會反問，鞋子又還

沒有壞，為何要換？聽得我好驕傲啊！這樣就對了！

每年我弟弟回台灣，都會從美國 outlet 幫孩子們添購折扣款名牌球鞋，孩子們收到都超開心！好似收到聖誕節禮物般，也特別期待小舅舅的伴手禮！

孩子們大了，在他們心中也會有喜歡的潮牌、夢幻鞋款。

像是有次聽到兒子說，便服日班上某同學誰誰誰穿一件一萬多塊的 T 恤，我說你怎麼知道是一萬多塊，他說那個牌子一看就知道要上萬塊。

這話在以前的我聽來，反應一定是，哼，娘也給你買一件，但現在不會了，也願意坦誠我們家就是無法負擔那樣的消費水平。有時跟朋友聊到一些名牌行頭，太貴的我也會直接說：「喔，好貴喔，我買不起！」我不會再刻意包裝，或貶低任何人事物來穩住自尊，這樣一來心態就很自由了。

偶爾帶孩子買些平價 T 恤，只要上面印著他們喜歡的動漫人物，他們就很滿足。

關於這一點，老公也改變很多。他以前跟我一樣總想追求所謂的「人上人」，而且以他的人際圈來說，那個「人上人」標準又來得比我高，所以更辛苦。但是當他在這部分的心態完

全調整以後，就開始變得不會在乎一定要開什麼名車、戴什麼名錶，才能去匹配什麼樣的交際圈。穿衣服也是，以前他也很在乎品牌，現在則是簡單整齊，穿什麼牌都可以。

　　我也相信這幾年來，我和老公在物質方面心態上的調整，兩個兒子一定也都看在眼裡，而**「身教」不就是最好的一種教育方式**嗎？

　　有次接受記者採訪，被問到，我和老公對於人生未實現的
夢想，會不會希望孩子替我們實現？

　　這個問題，我想都不用想，答案是絕對不會！

　　我跟老公兩個人就是血淋淋的例子。我的公公是生意人，
老公長大以後自然覺得自己也該當個生意人，繼承衣缽；我媽
雖然沒有承認過她自己的明星夢，但我從小，她就開始刻意栽
培我走上演藝圈的道路，培養我學唱歌、念藝校，這樣的意圖
應該夠明顯了吧！

　　所以我和老公反而給孩子們很大的自由發揮空間，不會讓
他們覺得爸爸在做生意，他們就應該要跟著學，或說媽媽是藝

人，他們就要被刻意栽培進入演藝圈。更何況未來的事情，誰也説不準，計畫也往往趕不上變化。

還記得我在就讀國光藝校時，班上有個男同學每天都在紙上寫無數次自己的名字，那時候才高二吧！距離畢業還有一年多，我好奇地問他在幹嘛？他回説是在「練簽名」，臉上還露出一副自豪模樣。

「喔！失敬失敬！」我幽默回應，現在回想起來也覺得他的行為真是可愛。但之後那位男同學有出道嗎？並沒有喔！反倒是我在沒如願考上空姐之後，就「歪打正著」以 MTV 台 VJ 身分進入演藝圈。

正因為未來的不可控因素太多，自己又親身走過這樣的心路歷程，記者再問我，希望小孩子未來做什麼時？我的回答仍舊充滿開放性。

在過去的年代，我們被教導要當律師、當醫生才能成為人上人；或是公務員抱緊鐵飯碗，生活比較有保障，很多父母容易把自己當年未能實現的夢想，寄託在孩子身上，我們很清楚上一代對我們的期待，有過那樣的壓力，反而提醒我對兩個兒子的培育，要給予更多的理解和同理心。

下一個十年流行什麼？誰也説不準！未來的世界會變成什

麼樣，根本不在我們的預料當中。舉例來說，早年我們還在使用 B.B. call 找人，現今社群媒體的氾濫，隨時都可以被肉搜。

時代變遷快，根本無法預測未來的「錢」途在哪裡，這個年代打開人們的眼界，甚至突破以往的思維，當我們還停留在企業經營要「有土斯有財，無田不成富」，但像 Airbnb、Uber 遍及全球，名下卻沒有一間不動產、一台車，這種經營模式的崛起，證明了大膽的創新與思維，跑得更快、更遠！

更不用說，隨著 YouTube 的功能越來越強大，廣大網友的支持相繼造就了一群網紅，也是我剛出道時，想都想不到的未來演變，在自家拍攝影片置入商品，不用出門，也能賺錢！

無須靠學歷，只要有創意，興趣也能當飯吃？確實，網紅、自媒體當道，只要你有梗，好像就有機會成名獲利。我們家兒子都高中了，難免也會質疑，努力 K 書應付考試，考進好大學，為著一張文憑，圖的是什麼？現在連 gamer 參加打電動比賽，獎金都是上百萬！

身為家長難免擔憂，這是新世代的現象，假如我們沒有辦法認同，那就試著去活在他們的年代！

時代不同了！自然要有新的教育方式，如果今天上畫畫課，你希望老師發給你一張紙跟畫筆，還是一面牆與水彩？

我們需要給孩子的是一個不設限的成長空間，讓他們開心活出每個階段的自己。

　　源自於自身的體會，兒時唸書時期，我滿心想著未來要幹大事，完全失去了單純當一個學生的天真無憂，我希望孩子們的人生只要好好 enjoy 當下，把每個階段該做好的事情做好，那就很足夠了。

　　每個人被上帝創造出來都有其目的，也肩負各人的使命。比方說，醫師的目的就是救人，老師的目的就是教育下一代。至於我的孩子呢？我相信親愛的上帝，對他們的未來也必定早有計畫。

　　最近，朋友常問，未來要讓兒子出國唸大學嗎？美國還是澳洲？英國還是日本？講真的，哪裡都好，就算不唸我也無所謂。**如果孩子有想法，能夠照顧自己，職業不分貴賤，大人們真的要有更寬闊的心懷去擁抱與接納！**

　　期待孩子出人頭地，是每位為人父母的心願，但是家長們，千萬別用了你的「期望」綁架了兒女的未來。

Part 4

信仰
FAITH

在我的心中，一直有一場永遠開不成的記者會！

阿帕契打卡風波讓我瞬間成為全民公敵，長達數個月之久，各大媒體連番批鬥式的負面報導，讓我連走在路上都會被人指指點點……每一篇報導不管是子虛烏有的捏造，或是不符事實的誇大，接二連三地被起底，讓事情變得越來越失真。

甚至到現在，維基百科上都還記載李蒨蓉是在香港出生，哈哈，真是讓人哭笑不得！可見得謠言就是這樣開始的！

如今其實也沒有什麼好再講了！唯獨讓我最深感抱歉的，就是被牽連的家人們，爸爸被說成黑道，媽媽被說成酒家女，搞得我家好像在演八點檔連戲劇。爸爸遠在美國就算了，人在

台灣的媽媽怎麼想都氣不過，還叫我一定要去提告，不然就是開一場記者會澄清，捍衛家人的清白！

當時也有談話性節目重金邀請我，希望我上節目一次把事情說清楚、講明白，不瞞大家說，我一度很心動，因為心中裝著太多的心酸跟委屈，當然想公開澄清事情不完全是大家所想的那樣。

但經過禱告尋求，上帝要我保持靜默。後來想想也對，就算還原當時的情況又如何？事情就是已經發生了，不適合脫口而出說的話，我也說了，這些都是無法更改的事實，多作解釋搞不好只會讓人誤解、越描越黑，結果對我未必有利。

更何況，人生是一場不斷往前奔跑的旅程，若是一直回頭看，反而只會更容易跌倒！於是我選擇咬著牙硬撐，然後一忍就是三年、四年、五年過去，直到了現在。

隨著時間的淡化，阿帕契事件所引發的風風雨雨，多數的民眾已逐漸淡忘，連我自己的記憶也開始變得模糊……咦？是我提早老年癡呆了嗎？哈哈，當然不是！我不僅有時間當最好的醫生，也因為有一位神用祂無限的愛，帶我走過這一切的風雨，才能幫助我向過去告別。

後來，每當有同樣身為公眾人物的朋友，遭媒體偷拍和不

實報導，抑或是跟誰槓上引發口水戰，第一時間氣不過說要提告時，身為過來人的我都會奉勸他們，委託律師按鈴提告要花錢，面對媒體又是二度傷害，何必呢？

更何況我們都很清楚，提告，表面上是想伸張正義、討回公道，但說穿了還是自己吞不下這口氣，若是意氣之爭，冤冤相報何時了？

事實也證明，很多的爭議都只是一時。新聞今天大肆報導的內容，到了明天，關注的又是另外一件事；網友酸民今天集體謾罵的人，過了一陣子，就被遺忘他是誰。說得更直白一點，無論今天的報紙再夯，明天頂多也只是被拿來包便當。

前段時間，某位藝人婚外情事件曝光，事件女主角神隱，臨時退掉綜藝大哥吳宗憲的節目通告。憲哥錄影前接受採訪，原想澄清沒有封殺那位女藝人，說著說著突然話題一轉，重提當年阿帕契事件，他是藝能界唯一挺我的藝人。

這條新聞播出時，我並沒有看到，是晚上兒子回家跑來問我：「馬麻，你認識憲哥嗎？」看完新聞報導的影片，我才知道發生了什麼事。

當晚，我在自己的臉書寫下對憲哥的感謝，更是有感而發地分享說：「沉潛需要時間，自我檢討是一段心靈探索的旅

程，得多於失……」，結論是「公道不值錢，人活得自在更實在！」。

有時候事情忍一忍不就過了嗎？**給時間一點時間！記住，人生是一段不斷前進的旅程**，過程中不會都是順暢平坦的大道，偶爾也會有崎嶇，**我們無法主導環境，卻可以決定心境，選擇讓自己活得更自在！**

或許某件事情毫無轉圜的餘地；也許某個人你怎麼樣都改變不了，**倒不如轉變自我的思維，改變自己的眼光，更快！**

二十三億元的一堂課

從小我就有美國夢，年輕時也一直很埋怨母親，明明我英文這麼好，很適合出國去讀書和發展，為什麼偏偏要把我留在台灣？我媽則反駁，當初若是把我送出國，一個人遠在他鄉沒有媽媽管，我一定變成太妹，不會像現在的李蒨蓉是位明星。

究竟事情會如何演變？其實誰也說不準。如今年逾四十，有沒有出國求學對我而言也已經不是最重要的事，但年輕的時候，我確實曾經因為自己欠栽培而感到很自卑。

尤其是入行之後，認識了很多名媛千金，各個都是國外名校留學回來，英文講得嚇嚇叫。我的程度雖然比周遭的同儕好，但終究還是在台灣補習班學出來的英文，跟人家那種 ABC 在美國土生土長的英文就是不一樣，總覺得自己矮那些名媛們

一截。

這種自卑感也反映在工作上。早年為了撐起「明星」那兩個字，我常要想辦法在外在上自我包裝，ㄍㄧㄥ出一個貴氣的假象，完全無法活出真實的自己，因為我怕被笑、怕被看穿、怕被瞧不起，當然了，更怕會輸。

我還記得，曾經為配合某大報的人物專訪，經紀人幫我跑去跟一個名錶廠商談合作，借了一只價值幾百萬的名錶，讓我戴去上採訪通告，然後我還要裝作那只錶好像是我自己的，戴起來超級心虛，很可悲、也很辛苦！

那時候的我並不快樂。戴著一只自己買不起的錶，心裡不免會想如果這只錶是我的該有多好，同時也會覺得好空、好累喔，不懂為什麼自己的人生要這樣過？但若反過來問，不這樣過行嗎？答案在當時似乎也是無解。

倘若我出席一個公開場合，穿的衣服是一件幾百塊的平價商品，以當時的情況來說，根本不可能引起時尚線記者的興趣；反之，如果是背著一個動輒幾十萬、上百萬的名牌包，搏版面的機會自然大增。

當時好像也是處在一種無奈和被迫當中，但同時又會覺得說，這就是世界的潮流，以及大眾對於明星的期待，好像不去

信仰

follow 也不行。諷刺的是，當我選擇追隨世界的主流標準，似乎無論拿再貴的包，只要看到人家拿的是鱷魚皮，我拿的是一般皮，就會覺得自己遜掉，人比人氣死人，永遠比不完。

總之，就是一個心累！這就好比現在大家常常會在臉書或 IG 發炫耀文，分享自己吃多好、穿多好、玩多 high，然後對於最後可以搏得幾個讚而患得患失，其實是同樣的道理，這些都是一種很短暫、很片面的假象。

歷經阿帕契事件，這門價值二十三億元的課，反而讓我看清了這一切。

以往雖然也曾被媒體修理過，但沒有阿帕契事件的連環修理來得那麼慘，時間也沒持續那麼久。而當我已經被重重摔在地上過，就不會再那麼在乎自己要如何才能一直被媒體高舉了。

當然了，身為藝人，每次出席公開活動，內心深處的小虛榮還是會希望能夠登上媒體版面，畢竟都化了妝，可不想白出門一趟！但講坦白，態度真的比較順其自然，不會再刻意為了搏版面，抓一大堆名牌行頭，披掛加持在身上，讓贏面變大，或是刻意違背良心，說些爆點的話。

現在的我想法很簡單，工作當下，就是認真扮演好自己的角色，做好應該做的事，但過程中單純真實的展現自己。努力

過後，媒體報導的版面是大是小？被下的標語是褒是貶？或者攝影記者有沒有把我的腿拍長一點，真的，就沒那麼重要了。

　　生活中的我們何嘗不是？尤其身為已婚婦女，有時候是媽媽，有時候是女兒，有時候又是人家的媳婦，各個層面也許無法盡善盡美，在家我是黃臉婆，換到臉書發文搖身一變凍齡辣媽，無論是誰，一個人一生在世，不會只有單個角色，**倘若我是演員，就要演什麼像什麼，真正厲害的演員，不是演給觀眾看，而是演到入戲無怨尤，這樣，就到位了！**

信仰

　　阿帕契的事情剛發生時，母親很希望我對謾罵的網友酸民提告，要不就是馬上開記者會澄清真相，當時也有節目請我去接受訪談⋯⋯對於這些，我通通都拒絕了，因此換得接下來的人生，有一段很好的留白時光。

　　在那段留白的時光裡，司法結果懸而未定，加上心中有很多酸苦與委屈，整個人關在家裡難免覺得悶！於是我就開始學習做甜點、種一些花花草草，來打發時間，心情也有一個抒發的出口。

　　那時候我一面做甜點、一面聽詩歌，藉此自我療癒，朋友得知後還開玩笑說我很像更生人，每天在家面壁思過的概念。

原先我還覺得這樣的生活有些孤單，直到 2016 年春夏交接之際，也就是阿帕契事發後的隔年，我受洗成為基督徒的幾個月後，我們家的陽台出現了一對白頭翁，我才感受到另一種特殊的陪伴。

　　其實我蠻後知後覺的。當時是小鳥們都已經築好巢了，有天我在餐桌寫東西，聽到陽台有吱吱喳喳的鳥叫聲，前去一探究竟才發現，嘿，已經有一個鳥巢在我們家樹的中間。因為樹枝是交錯的，有遮蔽效果，不是很明顯，我是很仔細地查看，才看到一對鳥夫妻已經在這裡築巢下蛋。

　　自家陽台竟然得到野生鳥類的青睞，我既感到稀奇，心裡也獲得撫慰。《聖經》馬太福音 6 章 26 節說：「你們看那天上的飛鳥，也不種，也不收，也不積蓄在倉裡，你們的天父尚且養活他。你們不比飛鳥貴重得多嗎？」當時我就感覺到，這是來自於上帝的安慰，告訴我說天上飛鳥祂都看顧，更何況是我。

　　我們家是居住十幾年的 3F 公寓，如果說是因為風水好，怎麼十年前小鳥不來？我相信這是來自上帝美好的信息，透過小鳥，鼓勵我信靠祂走下去！因著阿爸天父給我的信心，即便在沒有收入的日子，我卻能活出前所未有的喜樂與滿足！我深深體會，成為基督徒，是學習在面對無解人生時，如何過生活。

　　長期觀察下來，自 2016 年至今，每一年陽台上都會看見白

頭翁夫妻的身影，我常常好奇地跟孩子們討論，心想這幾年到底是不是同一對鳥爸媽？怎麼會每一年在相同的季節、相同的地點，定時來報到？！

　　牠們每年差不多都是在春夏交接之際前來，築一個新巢大約只需要三到五天的時間，超級快！而且牠們什麼都會去叼，棉絮、塑膠袋、枯葉……藉由這些材料，牠們就可以搭出一個很飽滿、圓滾滾的巢。

　　每次孵蛋、晚上過夜時，通常只有鳥媽媽待在巢裡，一見到我靠近，鳥媽媽會先害怕的飛走，然後不知道去哪兒把鳥爸爸 call 來護巢。

　　鳥爸爸很有攻擊性！好幾次，我在陽台澆花，稍稍靠近鳥巢，鳥爸爸就衝著我飛過來，還故意飛撞到我的額頭，甚至就算我在室內，稍有挑釁、威脅到鳥寶寶的動作，鳥爸爸還會隔著陽台上的玻璃，不斷地向我飛撞過來，可見真的是護子心切。

　　其實我很喜歡觀察鳥蛋的變化。一般來說，鳥媽媽通常下四顆蛋，幼鳥破蛋而出之後，蛋殼會莫名消失，接著四隻鳥、三隻鳥、二隻鳥……如果有任何一隻鳥變少，我在猜，是不是有小鳥在這個過程中被淘汰？

　　存留下來的小鳥，我就可以慢慢觀察到，羽毛長齊後，顏

色慢慢變深，小鳥不會馬上飛走，而是會在支架上站一整天，在陽光下慢慢震動翅膀，等到翅膀夠硬的時候，秒瞬間，咻！一下就飛走了！

這個過程，帶給我很大的啟發！正當我受到阿帕契風波影響，不知道明天在哪裡，也不確定日後是否能在演藝圈東山再起，白頭翁一家的出現，帶給我一個正面鼓勵，知道只要趁著人生留白期間，預備好自己，待上帝的時候一到，我依舊可以如往日般展翅高飛！

以前的我總愛往外跑，尋求某種熱鬧與歡樂，但總是難以滿足，現在的我更享受宅在家中的時光，讀經、跟上帝對話，或是追劇、小酌一杯，享受微醺的感覺，這種小確幸的生活情趣無需交際，很省、很簡單！

電視廣告說，「再忙也要跟你喝杯咖啡！」我則認為，一**個人無論再怎麼忙，也要懂得「留白」的藝術，留時間給自己好好的沉澱、安息，藉此重新提振心靈，然後，再出發！**

答非所問的神，落井下石的閨蜜

打卡風波過後，重啟臉書，我開始接一些廠商業配，慢慢回歸市場。有次，參加教會活動，感謝上帝讓我東山再起之際，我求問神：「如何在工作上有更大的突破，更早回歸演藝圈的正軌？」

因為當時經紀公司為了幫我接案子頻頻受挫，碰了不少的軟釘子，對於李蒨蓉，許多廠商還是持觀望的心態。

沒想到，上帝很奇妙，給了我一個答非所問的答案，「跟媽媽和好！」我的個性比較叛逆，起初還想討價還價，反駁說：「不是，上帝我是在問關於工作，跟媽媽又沒關係！」結果答案還是一樣，也就是我問上帝芭樂，祂回答我蘋果，夠妙吧？

神給我的那個啟示非常清楚跟明確，但因著內心抗拒，之後就默默當什麼事都沒發生，面對周遭的親友，甚至於老公，我也通通沒說，當然，更別說有付諸行動「跟媽媽和好」了！這種把上帝的話當耳邊風，身為基督徒，我們稱之為「消滅聖靈的感動」。不料過了一陣子，某週日在教會，神又再次提醒我要「跟媽媽和好！」，看來，這下是閃不了了。

　　幾經掙扎，我後來就順服了，不僅主動邀請媽媽到家裡吃飯，還趁著那年母親節邀她一起上教會。至今我還記得，唱詩歌敬拜的時候，右手邊是老公，左手邊是媽媽，我的心裡充滿幸福，有一種「一人得救、全家蒙福」的感受。

　　對於我這突如其來的轉變，雖然媽媽表面上沒多說些什麼，但母女間久違的親密互動，還是讓她面露喜悅和欣慰之情，那些沒說出口對我的愛，也盡在不言中。

　　我也因此明白到，原來，上帝是要我別擔心工作發展，先求神的國和神的義，未來我的所需，祂都會看顧！我被大大的提醒，既然已經信主，上帝最喜歡的就是修復人生命當中的破口，包括人際關係當中的破碎、家庭問題的癥結……

　　我很清楚神的旨意是要拯救每一個靈魂，祂所重視的當然不是要我們接多少工作、賺多少錢，或是今天有沒有上報紙頭版，那些都是我信主前的思維，跟我信主後的思維應該要有所

不同，所以上帝也一直在調整我的目光，尤其是當我的目光不小心又回到以前，祂就會「溫柔地」幫我轉回來。

包括在阿帕契事件中，被昔日閨蜜落井下石的事情，上帝也感動我要學習以德報怨，超越對方對我的傷害！

曾經是非常要好的朋友，也是兒時玩伴，閨蜜出過書，也有在經營粉專，出現在媒體版面，跟我一樣也算是公眾人物。在阿帕契新聞鬧得沸沸揚揚之際，她在臉書發了一篇文章，前面寫得文情並茂，說看我這樣子好像過街老鼠、人人喊打，如此狼狽讓她真的很揪心、很難過……

但話鋒一轉，開始暗指「這一切都是我的報應」，說我以前就有這些像是任性、耍大小姐脾氣等不好行為，叫我改也不改，才會落得這樣的下場。她寫的那些內容，很快就吸引媒體的注意，從她的發文裡截取關鍵字來下標題「李蒨蓉的昔日閨蜜也踢爆，如今會這樣是她的報應」。

在她發了這篇文章後馬上引發連鎖反應，許多朋友紛紛在第一時間打電話告訴我，叫我趕快去看，並且好奇我倆之間是不是有恩怨？老實說，我當下是有點心涼跟不解，想說她為什麼要這樣子對我？

那種受傷的感受是因為我覺得，妳可能真的很討厭我，

也不認同我的行為，但是公開這樣子講好像也沒必要，更何況我都已經被踩到谷底了，何需再補一腳？如果當初妳這麼討厭我，為何要跟我做朋友，難道我們過去的情誼是假的嗎？

或者是說，以我們之間的交情，妳是不是可以在私底下打電話給我，不一定要安慰或關心，妳可以勸告我說：「蒨蓉，妳真的要好好利用這一次的機會檢討自己！」這樣也可以。

當下我真的很不解，對方藉著消費我來炒新聞？圖得是可以上一天的媒體頭條，這樣子值得嗎？

後來因為朋友圈自動選邊站，我和那位閨蜜也就從此不再往來。直到有次在禱告的時候，我跟上帝說：「上帝，我想要饒恕 XXX（那位閨蜜的名字），可是我做不到，請幫幫我！」

那次禱告完之後，我就寫了一封很長的簡訊給她，內容寫得還蠻有智慧的，大意是說：「既然事情都發生了，我也不會去理會新聞寫些什麼，但是如果因為妳寫了這篇文章，導致我們的共同朋友要選邊站，我覺得這樣子很不值得，畢竟我們都是成熟人了……」最後我還主動提議約一天出來吃飯。

收到這封簡訊，她當然很開心！見面時還說：「蒨蓉妳不曉得，我收到妳的簡訊就好像中了樂透一樣開心！」吃完飯，她問說可不可以一起合照打卡，我說可以，她就跟我拍照打了

張卡，但有趣的是，她不是把照片放在原先發文的粉專，而是私人臉書，雖然沒有明講，但顯然是想對共同朋友們喊話說：「李蒨蓉都原諒我了，妳們這些人可以不要再說我落井下石了吧！」

至於我，其實很感謝上帝一路帶領我學會「饒恕」的功課，**尋求和解，才有辦法跨越受害者的感受。**

後來的我，更加注重人際關係上的應對，以前講話不小心的時候，常會想要突顯自己多厲害，現在則是會自我提醒心懷謙卑，並且用比較有同理心的方式去回應一些人事物，活出「李蒨蓉 2.0 版」。

許多時候傷害已造成，重點不在誰對誰錯，而是心中的糾結，真的是要靠愛的力量加上饒恕的方式，才能打開。

　　如果看倌們還有印象的話，阿帕契事件過後的四個月，媒體曾經大肆報導，有民眾在沖繩捕獲野生「阿帕契姊」李蒨蓉，隨後還遭來外界一堆質疑說：「李蒨蓉不是被限制出境嗎？為什麼還可以到沖繩……」殊不知，本人從來就沒有被限制出境！

　　當時只是覺得在家悶了那麼久，很想出國透透氣放鬆一下，就選了隔壁的沖繩，開銷又省。哪知道很妙的是，剛下飛機，就被台灣遊客拍到，老公還收到新聞通知說，「快看！又上新聞了。」接下來幾天的旅遊行程開始變調，因為我總是疑神疑鬼，偷拍客是不是就在身邊？

　　即使人在國外面對台灣同袍，這麼關切我的一舉一動，老實說我有些嚇到，心想人在家鄉，因為背負著洩漏軍事機密

的罪名，我已經不知道在公開場合被不認識的民眾翻過幾次白眼，抑或是在我面前惡意地指指點點。但是出國旅遊，大家不是忙著玩嗎？哪有空理我，還偷偷拍照爆料給媒體？

面對只要一出家門，草木皆兵的壓迫感，起初，我非常地在意，覺得那些不友善和輕視的態度，根本是在我的傷口上一次又一次的撒鹽，所以一開始面對這種情況，我的姿態也很武裝。再加上，那通常就是一個擦肩而過的交會，我根本不可能有機會，也不會走過去跟陌生人，解釋任何事情，所以常常忍受那種莫名又無形的霸凌。

有時我也會意氣用事，面對那些不友善的眼光，我也會直接瞪回去，因為當下心裡真是不舒服、吞不下去，心想說我到底是做了什麼事情得罪了你，跟你有什麼關係，需要讓你用這種輕蔑嫌惡的表情來看我？

但一回到家，我又開始感到後悔，心想對方之所以會這樣，就是因為曾在電視新聞看到很高傲的我，現在見到我本人，又被我狠狠地瞪回去，不就更證實了對方原先的誤解嗎？

有好長一段時間，我都陷在這種兩難的矛盾裡，直到有了信仰之後，一次次被上帝調整，我才慢慢知道，面對狀況時，該如何回應。

答案是，採取**「微笑攻勢」**。

後來發現這招果然奏效！印證了人們常說：「伸手不打笑臉人」，每當又有民眾在路上用眼神打量我，即使來者不善，我還是會主動嶄露一抹微笑，這時，變成對方會感到不好意思了，要不就是回我一個尷尬的淺笑，要不就是心虛地主動將眼神移開。

像是有次我去買麵包，很明顯地，前頭一位男士明明看到我了，還佯裝沒事跑去跟他老婆咬耳朵，接著換他老婆假裝沒事走過來，還偷偷瞄了我一眼。但我早就有心理準備了，在他老婆與我四目交接的那一刻，我就主動說：「嗨！妳好。」讓她知道我有發現自己被注意了。

但也不瞞大家，我真的是經過很多次的微笑練習，才有辦法做到很自然的狀態。這也是我在阿帕契事件後，最大的收穫之一，要不是因為有上帝的愛先來醫治打底，我也沒辦法用這麼健康的心態去面對。

同時我也很感謝，事情發生之後，曾經為我挺身而出的熱心路人。有次，我從家裡走路到學校接小孩，被兩個狗仔邊走邊拍。無論他們當時問什麼問題，我都選擇置之不理，因為說什麼都可能被拿來大做文章，當作話柄。

被媒體跟拍的時候，引起一堆民眾側目，在大家多半都是看熱鬧的心態下，卻有一位大嬸說話了，她走過來一直罵狗仔說：「你們這樣影響人家的生活真的很糟糕，一直打擾人家的生活到底有什麼意義？」雖然當下沒做反映，但其實我聽了心裡很感動，也仍舊記得她那溫暖的微笑。

常言道，**「微笑是世界上最美的語言」**，經歷阿帕契事件的洗禮，我更明白這句話的箇中含意了！

如果你常常覺得被誤解，就更不要用對方的期待值去回應，試試看採取「逆向操作」，才能讓真實的自己，有嶄露頭角的機會。

　　我這張臉天生吃虧，沒有笑容時，總容易被人誤解我在不爽，其實我真的只是在放空。後來慢慢練習微笑攻勢，還被兒子嫌：「馬麻，妳笑得太假了！」到底要怎樣？不笑看起來兇，笑了又是虛情假義，累不累啊我！

　　成為基督徒之後，生活變化的很奇妙，揮別了蛋殼圈，卻進入了另一層蛋黃圈。姊妹淘聚在一起，不再只是穿美美、下午茶，為了拍照打卡上傳 IG，而是聚在一起讀經、唱詩歌，分享心事，哪怕是跟妳不熟，無須暖場，下一秒直接赤裸敞開，我們稱之為姊妹們的「小組聚會」。因為有著神的愛，讓我們都可以卸下偽裝與羞愧，彼此坦然以對。

　　在這裡我總不用練習假笑了吧！

有些小組成員多，我不見得跟每位姊妹都熟，偏偏地球小又圓，總是會遇見幾個過去曾有互動淵源的人，這時候，大腦的 data base 就會叫出過去的印象，我稱之為「成見」。

　　某次小組聚會輾轉得知，有位好久不見的姊妹被診斷出罹患乳癌，通常這個時候我只會長嘆一聲地感慨，然後靠邊站，那天當下不知道為什麼，突然靈光乍現，我想到有另外一位姊妹抗癌成功，也許她的抗癌經驗會對這位姊妹有幫助。於是雞婆的我安排兩位姊妹一起喝咖啡，這完全不像平時只愛耍酷加臭臉的李蒨蓉會做的事！

　　見面那天是週五，原本生病的姊妹已經安排週一住院台大、週二開刀，幾杯咖啡的時間，長談之後整個計畫大翻盤，臨時轉往另一家醫院接受治療。

　　眼見事不宜遲，結束碰面的當天，我就開車載那位姊妹到醫院調閱相關就醫資料，因為她忘記帶健保卡，我還載她先繞回家一趟，忙了一整個下午，才將這件事情搞定。

　　事後，那位姊妹還寫了一封簡訊給我，讓我蠻詫異的。她寫道：「Dear 蒨蓉，很謝謝妳的關心，以前我總覺得妳不是很喜歡我，一直有距離，但是天父很愛妳，所以妳愛人如己，我很感謝妳為我所做的，一切都刻在我的心上。」

看完這封簡訊，我整個鼻頭一酸，情緒開始激動了起來，我突然明白了為何上帝是天父，我們在神國裡是一家人！上帝設計肢體，讓弟兄姊妹可以成為彼此的幫助。當下我回覆，不要客氣，我會持續為她禱告，並且解釋自己以前只是比較慢熱，上帝也是很愛她之類的話。

這則簡訊也讓我開始反思，為什麼我以前會給人家這樣的感覺？我是不是真的不喜歡她？我有刻意保持距離嗎？捫心自問後我才發現，原來，其實我很嫉妒妳！！

沒錯！不只她，打從心裡我嫉妒好多人！特別是那些吃特好、穿特棒，更不用上班的千金貴婦！這些總是一身名牌打扮，從頭到腳的行頭加一加破百萬，卻不用為帳單煩惱的天之驕女，不管是靠老爸、還是靠老公，看到這些人似乎不用付出與努力，我的忌妒也就不自覺地油然而生。為何我都是靠自己？我這麼認真、這麼拼！卻還是望塵莫及！

因著這股嫉妒在心裡，我開始選擇性輕視這些日子過太好的天龍族，我是仇富嗎？不，我是驕傲，因為我覺得自己能力比較強，卻在物質生活上矮了人家好幾截。或許正是因為如此，相由心生，對方才會感覺到我的「敵意」。

但人生真的好奇妙，因著我的舉手之勞，僅是小小的幫忙，對方選擇跟我講真心話，我們才有機會把話說開。這般的

坦承也很令我感動，要對一個人講出「我總覺得妳不喜歡我」，其實是需要勇氣的。

現在我開始慢慢學會，如何看待他人比自己強，我也不輕看自己的短處，用互補的心態去看彼此的關係，**讓他人的完美來 cover 我的不完美，讓我的完美去 cover 他人的不完美。**

後來得知女友在開刀後，後續治療一切順利，身體漸漸回復健康，搞得我自己好像也是女主角，大病初癒般地開心。我這個人個性比較「不沾鍋」，有時待人處事偏「冷」，可是不曉得為什麼因著對方的一封道謝簡訊，我會這麼感動跟開心，我想，這大概是神造人類時，早就把憐憫跟愛擺放在我們心中，但是如果我們沒有認識神的話，就無法透過神的眼光去看這件事，也激發不了內心的憐憫與愛。

這次我的憐憫還化為行動，不是只出一張嘴為妳禱告，或是很官腔的噓寒問暖。**為什麼神常說，身為基督徒的我們要懂得將自己無私心地「擺上」？意思就是代表要我們去付出、要有行動！**不同於人之常情在幫忙的時候，多少會有利益關係上的思量，這次我真的很單純，憑著感動大發熱心，結果反而得著更大的喜樂，我也因此體會到「助人為快樂之本」這句話背後的真義。

而且更美好的是，我感覺到上帝在天上，也在微笑著！

　　幾年前，教會需要建教堂，號召會友們奉獻，當時的我毫無收入，連打官司的律師費用都要靠變賣名牌包來支付，可以說是天天活得很拮据，偏偏那時有一個很大的感動想要奉獻，希望能為自己屬靈的家，出一份心力。

　　於是靈機一動我想到以前買的卡地亞鑽石手環，可以放到網站上拍賣，沒想到，沒多久很快就順利成交，而且買家在美國，保險起見還請她在台灣的弟弟跟我約在專櫃面交，就連櫃姐都幫我擔保本人持有的，保證是原廠正貨。

　　我永遠忘不了，當我從買方手中接過那筆錢，一袋現金放我手中的激動！

以前口袋裡有錢，腦袋中只會想到要如何犒賞自己吃香喝辣，現在感覺彷彿好不容易從當鋪中換到的錢，我卻要全額捐出去！

　　當天拿到錢後，我立刻跑到 ATM 存進去，當下又立馬轉匯出去，那種「給予」的喜樂，心裡有股莫大的滿足。轉而奉獻給教會時，內心盡是充滿了感謝和感動。

　　雖然不是什麼上百萬大款項，我卻感覺自己很像聖經故事中那位投兩個小錢的寡婦　，滿滿的心意勝過一切。（哈哈，沒有要咒詛老公的意思，他非常健康！）

　　變賣這個手環，對我而言也象徵著個人的生命蛻變。以往我用來證明自己往上爬的方式，就是砸錢購買昂貴奢侈品，加持自己。話說當時，特別是這款卡地亞手環，堪稱時尚指標，可以說是跑趴的基本配備。

　　有次，在某個聚會場合，一位名媛友人看到我戴那個鑲著八顆鑽的手環，非常喜歡，馬上跑去買一模一樣的款式，但她的，鑲著是滿天鑽，檔次更高！我看到之後，整顆心涼了一半，覺得自己真是可笑極了，原來我努力賺錢才買到的手環，對那些家世背景甚好的名媛來說，只是輕而易舉，小菜一碟！

　　是的，就像信用卡一樣，有分金卡、白金卡、黑卡，同一

款手環以鑽石的多寡，來區分出我們的經濟能力。

於是，原先被我用來證明自我價值跟身分地位的手環，瞬間變成了一種對自己失望的象徵。它的存在提醒了我，是的，我永遠也沒有辦法用高價物品來肯定自己，因為人外有人、天外有天。

包包也是同樣的意思。以前對於名牌包的追求，主要也是因為內心渴望被肯定、被認同，所以需要外在物質來烘托，或者來遮掩內心某一種不安全感和空虛。等到阿帕契事件發生後，工作沒了，真的需要錢過日子的時候才發現，那些外在飾品真的沒那麼重要！

我還曾經因為變賣名牌包，差點得罪了朋友。有位貴婦友人得知，我將一個透過她才買到的愛馬仕包給賣掉，一度很不諒解、也無法理解，想說那款愛馬仕包有多少人想買還買不到，因為她是 VIP，店員才拿出來賣給我……被她質疑的當下，我也只能坦承說沒有辦法，為了過日子，我一定要賣！

現在留下來的名牌包所剩不多，只剩幾個婚喪喜慶皆適用的百搭款。

人跟人之間一定會有競爭，我的小劇場，總是在跟假想敵人做比較，比輸人又氣到自己內傷，對比以前的愛競爭、虛榮

心，現在我的心輕鬆多了！拎著環保袋，我也能夠很自在。

當我不再有競爭的心態，就不會去在乎人家有什麼好東西，有時看到人家的時尚行頭好品味，還會發自內心稱讚說，「哇，妳這好漂亮喔！」，以前的我應該是斜眼打量，然後心想本姑娘也要去搞一個來，把妳給比下去，哈哈，我真的好多內心戲喔！

至於以前為何總是愛比較？主要還是因為成長背景和出生環境吧！在這物質主義掛帥的世界，為了不讓人家看到內心的自卑，外表可以如何靠著名牌拉高身價，我就盡量去做。現在我可以坦蕩蕩讓人家看到真實的自己，那個自卑感被上帝拿走了，取而代之有塊安定的基石，深深鎮住在我心中，而那就是信仰帶給我的自信力！

講到環保袋，我真的是天天愛不釋手！不僅省錢省時，有時候參加重要場合，完妝衣著後，想到還要挑款正式的包包搭配，我還會嘀咕好麻煩！偏偏這個時候再拎個環保袋，未免就太失禮啦！

以前自卑，讓我以為需要這些精品加持，才會得到他人的注意，讓自己開心，殊不知在心中形成的空洞，是個無底洞，再多的鑽石手環，都無法填滿。

現在偶而翻翻時尚雜誌，逛逛精品櫥窗，我還是喜歡欣賞美麗的衣服飾品，但真的只是純欣賞，因為我很清楚，我既不需要、也不想要！

不再做名牌的奴隸，我的心，終於自由了！

　　註：在聖經中有段故事講到，當眾人捐款奉獻給聖殿，唯有一位寡婦只投了兩個小錢得到了耶穌的稱讚，因為多數的人，特別是富足的財主，所捐的都是自己多餘的，然而那缺乏的寡婦卻是將自己的所有完全獻上，相較之下，比眾人所捐的還多，言下之意，上帝不在乎我們所奉獻的金額大小，神更看重的，是我們的心意。

信仰

從高級便當盒到環保袋

早年的志得意滿，常讓我在跑趴的時候得罪不少廠商。

十多年前，知名的 Y 品牌邀請我去跑趴，那年代跑趴不像現在有車馬費拿，但為了證明自己在時尚圈是個咖，即使身懷老二，肚子大得像青蛙，我還是答應出席。

我心想只是單純去湊熱鬧看秀，心態隨興，先在家裡把老大餵飽安頓好，也沒打算一定要準時赴約。但驅車前往的路上一直接到廠商電話，不斷追問：「妳什麼時候到？現場都在等妳才要開秀……」

我絲毫沒意識到事情的嚴重性，只覺得奇怪，廠商幹嘛那麼在意我幾點到？為何等我？而且我幾乎沒打扮，頭髮也隨便

紮。抵達後才發現，糟了，我竟然是主 key ！

當下站在拍照背板前所有的鎂光燈對著我一閃一閃，為了掩飾尷尬，我擺好 pose 淺淺微笑（我人根本還在狀況外，笑不出來），隔天一上報，記者就不客氣地擺明報導說，「李蒨蓉耍大牌遲到，全場的人等她來才開秀……」。當時沒有經紀人把關問細節，寶寶以為自己是路人甲，寶寶冤枉啊！

明明我只是個不安分想跑趴的孕婦，卻因為大意，被記者揶揄說李蒨蓉頂著大嬸髮型來跑趴；當天遲到而耽誤到開秀時間，也讓我得罪廠商，默默被貼上耍大牌又難搞的標籤。可見，不管有沒有人在等你，準時是美德。

上面的經驗我有委屈，下面的故事我只能怪自己禍從口出！

有一次，受邀出席 B 品牌的新品發表會，嘿嘿，這次有錢拿了！我還記得那天活動主打的是晚宴包，一個晚宴包小小的，卻動輒幾十萬起跳。身為受邀的主要時尚名媛，記者問我對手上拿的那款晚宴包有什麼看法？當下我不知道哪根筋不對，竟然不假思索且自以為幽默回答說：「喔！就是一個高級的便當盒啊！」

後續不用多言，見獵心喜的記者立馬寫下來，還向廠商反

映，事後我就被廠商列為黑名單，公關公司也強烈表達不滿。

想想確實是我不應該，心裡怎麼想不一定要說出來，拿人家錢就應該要稱讚人家的產品好，對記者說一些像是「哇，這是時尚與藝術的結合，我好希望能夠收藏」之類的話，但偏偏從我嘴巴吐出來的就是「高級便當盒」這幾個字。

如今回想，覺得是自己沒有掌握說話的藝術、心思也太驕傲。當時為了凌駕那款手拿包，自以為是，認定「手拿包陪襯我，而不是我去烘托手拿包」，所以無法真心稱讚手拿包好美，以免讓它的層次高於我，一個人跟沒有生命的包包相比，是不是有夠愚蠢！當有了信仰之後，獲得了上帝的愛和肯定，也打從心裡對自己的生命感到自信，便不太再需要那些外在光環的加持了。

後來參加一場座談會，雖然知道會有記者到場，在符合搭配原則的情況下，我仍隨性地拎著一個環保袋現身。眼尖的記者看到，還特別跑來問我拎的是什麼包包？我直率地回：「喔，就免錢的環保袋啊！」

會後記者採訪，聽到我說現在出門大多是拎環保袋，跟先前的拜金形象差很大，就邀我拎環保袋拍了一張美美照，並在隔天寫了一篇相關報導，內容大意是說：「李蒨蓉現在的心態改變了，不再追求名牌包，拎著一只環保袋也能愜意出門……」

我很開心能有如此正向的報導，也許這正好是傳福音最自然又真實的方式，竟然無需名牌也能登上娛樂版面，對我而言可是頭一遭啊！

我發現到，現在的「做自己」跟我以往所追求的內涵很不一樣。**以前的做自己是包裝出虛假的自己，現在的做自己，則是活出真實的自己。**我不確定這樣的李蒨蓉討不討觀眾們喜歡，但肯定討神喜悅，而且我也更愛這樣的自己了！

最近我看到 People's Choice 國際頒獎典禮珍妮佛・安妮斯頓 (Jennifer Aniston) 獲邀上台領獎，她手上拿著獎盃說：「身為演員從事表演工作，不是為了讓家人驕傲、也不是因為某種表演熱情。純粹，只是為了賺錢！」哈哈，她這番幽默引發全場哄堂大笑。

這段發言讓我聯想到某年奧斯卡勞勃・狄尼洛 (Robert De Niro) 的得感言也很類似，他說：「許多人都在質疑我，到了這把年紀，為何拍片量這麼大，而且還不選片？我的答案很簡單，我家還有小孩在就讀私立學校，學費很貴！」

天啊，連這麼大咖的好萊塢巨星，都可以如此率性坦然了，真的，**只要心存謙卑，真實的做自己，說真話，都會是智慧的話語。**

一件白襯衫

　　前段時間，有個粉絲在臉書私訊我，說她從年輕的時候就很喜歡我，日前回娘家發現以前蒐集的一大本簡報，希望能夠把它寄給我做紀念。

　　收到那本剪報，翻閱時不免有一些身為女人的感概，懷念起以前臉上豐沛的膠原蛋白，還有那平坦的小腹、緊緻的肌膚、青春的肉體…… 年輕時的眼神就是明亮，現在隨著年紀大了，加上頻繁使用 3C 產品，雙眼也開始出現了倦態……

　　另外一個很深的感觸就是，比起現在的慈眉善目，照片中年輕時候的我，穿著裸露、搔首弄姿，看起來簡直妖氣沖天，還替男性雜誌拍攝超性感照片，巧妙輕遮三點，其他幾乎全都露！

拍都拍了，沒啥好後悔，只是回顧早年的打扮，真是有些情何以堪！生小孩之前，因為是單身辣妹，渴望吸引同性羨慕和異性注目，所以趁年輕賣弄本錢；生了小孩之後，擔心年紀輕輕當了媽，被外界貼上歐巴桑或黃臉婆的標籤，所以在穿著上更加用力展露性感。

　　有了信仰之後，近幾年來我的穿著風格大為轉變，我沒有吃素，也不會敲木魚，只是藉由幾次二手衣義賣的機會，把很多性感洋裝，通通捐出去。這是我一直以來的習慣，每到換季就會固定出清衣物。

　　參加愛心義賣活動，這麼做，一來除了可以節省衣櫥空間，二來，可以檢討過度浪費的購物習性。而當我的穿衣風格，隨著心態、個性、生活習慣而有明顯轉變時，看著衣櫃裡的那些「戰袍」，反而讓我覺得很不自在。

　　這正是自省的好機會！以前的我，打開衣服放眼望去，清一色都是 bling bling 的亮片洋裝，因為早年跑趴總是打扮得花枝招展，刻意賣弄性感，低胸、露背、迷你短裙，我可以一次到位！裙子可以短到坐下來就會走光，那麼危險！氣到老公一度罵我不守婦道！

　　如今不再追求裸露，絕對不是因為年紀到了，更不是身材「走鐘」，而是心境跟目的已經不一樣，現在穿衣服，就是追

求自在和舒服端莊，然後符合出席的場合。

不可諱言，早期的裸露，其實是源自內心的自卑，害怕被人忽略、害怕平庸、更害怕沒有亮點，所以才會以高調的穿著打扮來吸睛，搏取存在感。加上內在小劇場總是上演競爭戲碼，所以我總是想盡辦法用極其貼身的衣服來突顯火辣身材，目的只是為了鎮壓同場女性，拔得頭籌！

如今因著上帝，讓我找到了健康的自我認同。無需華麗高調的衣服加持，我也能自我感覺良好，不需要「賣肉」，我也有把握性感達標。若是套用電影《回到未來》的情節，讓十年前的我與現在的我相遇，那畫面肯定很有趣——前者穿著螢光色系，看起來閃亮亮的；後者則是素素的黑白配，超級大反差。

十年前的我肯定料想不到，十年後的衣櫥打開來看，竟是掛滿一件件的襯衫。是不是很難想像，李蒨蓉又不是上班族，穿什麼襯衫？未免也太跳 tone 了吧！

嘿嘿，且聽我娓娓道來，一切的轉變都是從一件白襯衫開始的……

話說張清芳歡度 50 歲的生日宴會的時候，我也有受邀參加，當時我就想，依照阿芳姊的政商人脈關係，各大媒體一定不缺席，然後看到阿帕契姊在事發後，首度現身跑趴，肯定會

大作文章。

人，總不能一輩子龜縮，該是浮出水面的時候了！

對於當天該怎麼打扮？我實在傷透腦筋，既不想如先前般，花枝招展高調現身，但是出席喜氣洋洋的壽宴場合，又不宜穿一身黑吧！唉！該怎麼辦呢？

左思右想，後來終於想到了，那就用一件白襯衫，搭配向來喜愛的花卉及膝裙，營造出一種優雅兼具知性的性感美吧！

老實說，我都不曉得哪兒來的這一件白襯衫，完全想不起來是何時買？也想不透為何會買？

醜媳婦見公婆，是我當天現身的心境，我還默默告誡自己，如果再上版面，又被媒體酸，我的心臟一定要夠大顆、挺過去！沒想到，隔天見報零負評，除了引來正面報導，席間還有一位時尚前輩主動過來誇讚我說：「蒨蓉，我喜歡妳現在這樣，這樣穿真是好看！」從時尚專家的口中得到肯定，讓我的信心大增！自此，白襯衫就成了衣櫃裡的座上賓，現在隨便一數，衣櫥裡的襯衫有好多件，我也越搭越有心得。

當然，生活中保有一點閃亮，是好的。現在我喜歡出席重要場合時，靠著白襯衫，襯托其他高調的單品，只要套上高跟

鞋、戴上亮鑽耳環，整個人就會顯得貴氣十足，而不是貴氣逼人。

後來除了白襯衫，我也開始嘗試搭配不同顏色和材質的襯衫，像是休閒感的格子襯衫我也很愛！就連受邀到教會做見證，我也可以很自在大方地單穿一件襯衫上台。

其實襯衫就是襯衫，自古至今款式未曾變過，真正改變的是李蒨蓉這個人！現在我也終於體會到，是我在穿衣服，不是衣服在穿我，不再那麼侵略性的美，反而更加可愛迷人。

回到開場，粉絲從單身嫁為人婦，一路走來，許多粉絲們跟著我一同成長（不好意思，姊的孩子生得早，步伐比較快一點），**不管是外貌，還是內在，我們的人生都會經歷多種不同階段性的蛻變。**

熟女們如何找到自己特有的性感定調？以前我總以為所謂的性感就是要裸露，而且露越多越好，實際上，女人的性感可以分很多種，也許是妳的髮型、妳的香氣，或者是妳的氣質，我鼓勵**只要找到自己獨特的那一味，不用露胸、露腿、露屁屁，一樣可以超 sexy ！**

　　身處在資訊爆炸的年代，訊息不漏接，手機要黏在掌心上，以前為了走在時代的尖端，我還練就一根「金手指」好功夫！

　　多年前孩子還小，需要我接送上下學，早上送完孩子後、買完菜才早上八點，我又不用上班，也沒有睡回籠覺的習慣，嘿嘿，網路商店 24 小時不打烊，於是乎，就養成天天坐在電腦前瞎拼的習慣，這一坐就是好幾年，虛度無數個美好早晨。

　　這手指頭一點下去，大失血啊！我深深陷入網路購物的世界，嚴重上癮！天天逛、天天花，從便宜的衛生紙到昂貴的名牌包，就連珠寶，我都可以在網上購買。

近年來我終於靠著聽詩歌、讀聖經、禱告，用靈修的方式，讓清晨時光更有意義，而且心滿意足。

金手指剁掉後，人生真是輕省多了！然而伴隨來的後遺症，還需要花時間「慢慢處理」。凡「點」過必留下痕跡，過去到處逛網站瞎拼的結果，就是電子信箱累積了成千上萬封的 EDM 電子廣告傳單。

某天，我想一鼓作氣刪除大量 EDM，我還找來兒子當救兵，教我怎麼一次就清光，但是，今天刪信，明天又寄來了！看見美輪美奐的排版、或是特別的優惠折扣，讓人忍不住想點進去一探究竟，好不容易報廢的金手指，感覺又要回來了，極大的誘惑啊！而也因為刪除 EDM 的這件事情，讓我頗為有感而發，想到以往自己因為心靈空虛，常常需要藉由網路購物來填滿人生。

現在當我心靈滿足，不再需要這些物質的時候，反而又得回頭花很多時間去取消訂閱。比如說某某百貨好了，若是以後不想要收到相關的 EDM，我還得要先點入它的網站，找到「取消訂閱」鍵。假如我註冊了十個網站，同樣的動作我就要做十次，真的很煩人！不瞞你說，我應該有註冊超過上百間店家，要一一脫去身上的纏累，也是要付出代價的。

有時我甚至會想，眼睛是靈魂之窗，但我們好像常常讓靈

魂透過眼睛這扇窗，看到太多眼花撩亂的東西，以至於眼睛雖然沒盲，心卻盲了！

阿帕契事件過後的那段閉關期間，因緣際會加入了視障陪跑行列。所謂的視障陪跑，就是靠著一條陪跑繩，我當眼睛，帶領視障朋友一起跑步健身，每個禮拜固定繞著國父紀念館跑好幾圈。

還記得第一次跟視障朋友見面自我介紹時，我說自己叫李蒨蓉，視障朋友一聽，馬上脫口而出說：「跟那個阿帕契女王同名ㄟ！」我大方承認就是本人在下，反而換視障朋友不相信了，還笑說：「屁啦！聲音一點都不像！」反應超有趣。

後來認識久了，加上一起報名參加賽事，我跟他們也慢慢建立起革命情感，陪跑時，我帶著他們鍛鍊肌耐力和肺活量，他們則是會說笑話逗我開心。有時我的身體比較疲憊，陪跑狀態不佳，視障朋友也能從我的步伐輕重，聽出那天的我比較累，然後反過來關心我。

藉由陪跑的機會，也讓我看到視障朋友「眼盲心不盲」的樂觀態度，因而感到激勵，心想我好手好腳看得見，遇到阿帕契這種打擊算什麼呢？

更何況，很多事情的利弊得失，本來就很難只從表面上來

斷定。

近期網路流傳一張很有意思的照片，圖中有兩個灰色的色塊堆疊在一起，上面的色塊看起來像深灰，下面的色塊看起來像淺灰，但如果用手指遮住色塊中間的分界線，你會發現它們的顏色一樣，沒有深淺之分。當手指頭一移開，馬上又呈現出一深一淺的色塊，實在是神奇！

這張照片不禁令人思考，有時候親眼所見，不一定是真相！但偏偏大多數的我們都是眼見為憑，也總是在追求眼睛所能見的物質，像是我們習慣用眼睛打量對方的穿著打扮、行頭，甚至是長相。透過社交平台上的資訊，某某人「看起來」過的很好，或是某張假照片，我們就輕易地信以為真，後來卻被踢爆是假新聞。

太多的資訊到底是真是假，花這麼多時間在「線上」，值得嗎？

不喜歡的朋友，就刪除吧！不想要收到的廣告信，就取消訂閱吧！我們的靈魂之窗需要「眼不見為淨」。

有時候我喜歡用忙碌的行程塞滿時間，目的好像是為了圖個安全感，但一不小心又會把自己搞到像隻無頭蒼蠅，讓生活失去了方向，從忙碌到茫然，再到盲目，真的很快！所以我也

常鼓勵朋友，雖然 busy is good ！忙碌是好事，不要抱怨！但是生活再怎麼忙，也千萬不要瞎忙！

早上起床別急著上線，時間到了，就下線吧！我從視障朋友身上學到，他們雖然看不見，卻因此更加用心去感受，結果反而比用看的來得更清晰！

這個世界太多紛擾，我們需要閉上雙眼，用心去感受，何謂真實。培養遠見的眼光，別再緊盯在眼前所見，而忽略了未見之事！

信仰

告別
積讚數人生

記得小時候在學校唸書的時候，每次段考完，全班會依照總成績排名，話說現今的教育體系，不能再公開排名了，以免有貼標籤之嫌！當然，學校還是會用盡各種方式，讓家長知道自家孩子在同儕中的水平。

出了校門後，難道人生就不用靠分數競爭了嗎？

有陣子追劇，叫做《黑鏡 Black Mirror》，內容是以單元劇的方式來呈現。每一集的故事內容、演員陣容都不相同，但都有一個相同的敘事主軸就是在講未來的世界裡，看似便利的高科技如何給人們帶來負面影響。

影片是用諷刺外加懸疑驚悚的方式呈現，而且於 2011 年

播出的第一季劇情內容，時隔多年後的今天，看起來又格外寫實，因為很多當時的預測都一一印證，甚至正在發生中，令我深深折服。

印象最深刻的是，其中有一集在講女主角生存的世界中，每個人都像是一張成績單，身上都標示著一個他人所打的分數。例如滿分是 5 分，透過戴在視網膜的晶片（類似隱形眼鏡的高科技）看出去，任何人走到面前，你可以馬上就看出對方目前的分數。

這個「打分數」現象如何糾結於他們的日常生活？比方說，某個高級豪宅區規定入住者的分數必須達 4.5 分以上，而假設我很嚮往那裡，因為裡面都是我想結交的達官貴人，但看看自己的分數只有 4.2 分，那就要想辦法努力額外爭取到 0.3 分。

那 0.3 分從何而來？可能是我去買一杯咖啡，服務員看我穿著時尚又給小費，為我打五顆星，今天在公司稱讚同事剪的新髮型真好看，彼此加分互惠，或是我拍照上傳，有人欣賞打賞我幾分，諸如此類透過很多很多小事情來累積分數。甚至於，分數值越高的人，為你打的分數還可加權計分，舉例來說，同樣為你打滿分，一個本身是 4.5 分的人，跟一個 3 分的人，前者給的滿分會讓你的分數暴增更多。

這齣劇主要是在說，為了擠入上流社會，女主角一直「很

用力」設法贏得分數，但也因為太過用力，最後反而弄巧成拙。

在一味追逐分數的過程中，女主角經歷過人性的虛假、現實、背叛，也有低分者以過來人的經驗相勸，說自己也曾經很在乎分數，但現在完全不管了，勸女主角放下，無需汲汲營營。

更諷刺的是，劇中世界裡的人們，包含女主角在內，為了有效贏得高分，很多人還會去尋求顧問公司的幫助，幾乎可以說全世界都陷入分數競技賽當中，有種不自覺的可悲。還有更多令人哭笑不得，但又引人反思的劇情，有興趣的朋友們可以去看看，在這裡我就不劇透了。

劇情內容講的是未來科技，但呈現出來的偏差價值觀，卻早就存在你我的生活之間。我甚至不諱言，過去的李蒨蓉，根本就是那個女主角的翻版！

看完這一集，我開始思考自己的人生，是不是也走在積分的道路上？特別是靠接業配賺錢的粉絲專頁。以往，臉書上有多少位粉絲、多少個讚、多少則留言？影片有多少人瀏覽？都是我很在乎的點，也是廠商是否願意買單的指標。

因著阿帕契事件掉了不少粉，跌倒後重新再出發，我慢慢領悟到，原來幸福是掌握在自己手裡，不是在別人的口中或眼裡，更不是幾個按讚數，可以肯定我的全部。

焦點回到文章一開始提到的《黑鏡 Black Mirror》女主角，以及那些打分數的劇情，不知道是不是也正中你的下懷？吃飯前總是相機先吃？喜歡刻意利用幾張照片呈現出自己過得很好，看似完美的假象？這些博取按讚數的習慣與手段，是不是讓你活得好忙又好累？

現在，我依舊很認真地經營個人粉專，雖然多數時候的露出是因應工作需要，但另一方面，我也是想透過文字紀錄，跟粉絲們分享更多的內心世界。

三不五時的自我剖析，願意坦承我還有很多進步的空間，隨著自我剖析愈來愈深，就表示在某種程度上，我越來越能夠面對真實的自己、現實的情況。

藉由敞開自己的心，說真話、做自己，展現出最自然真實的一面，如果有任何一句話，激勵到誰，幫助到誰，那，就夠了！

我真心喜歡這樣的自己！有時不見得會贏得最多的按讚數，但是告別積讚數的人生，我，第一個搶頭香，就要為自己大大按一個讚！

信仰

一個網紅
比藝人還紅
的年代

隨著新媒體興起，網紅文化正當道，動輒幾十萬、上百萬的訂閱率，人氣直逼一堆螢光幕前的藝人，也因此吸引很多年輕人，對於成為網紅這條路躍躍欲試。

有次，一群好友們相約到全台灣走透透，沿途我發現朋友的女兒走得特別慢，總是遠遠落在後頭，回頭看了一下，才發現原來她是一邊走、一邊拿著自拍棒在直播，向訂閱的網友們分享她的環島旅行。至於她自己有沒有真的把這些美景看進眼裡？我有點懷疑。

我可以理解一個小女生渴望被注意，並且成為眾人注目焦點的心情，就連我們家的男生也會偶爾拍些影片公開分享，然後追蹤有多少人按讚。

每一個人，不論你是藝人、素人、網紅，還是超級巨星，發一篇文背後的動機都是一樣，想透過網路平台的方式被看見、被肯定。同樣地，當我今天看到一些孩子們，因應社會潮流，開始把大部分的自我價值感建立在社群媒體的按讚數上，讓我有些憂心。

　　一個人願意展現自我特色是件好事。也就是說，若個人確實有某方面的才華，在網路平台大受歡迎而變成網紅，那可謂是實至名歸；但若是想當網紅賺外快，而逃避先嘗試做一個正職辦公室的員工，或許每個人的想法與心態不同，但我個人倒是不太贊同。

　　以當藝人為例。我相信有很多藝人朋友在從事演藝工作時，很樂在其中也很有成就感，但我個人的經驗是一旦走上這條路，不論成名與否，都要付出代價。我時常被記者提問，是否贊成自家孩子踏入演藝圈？基本上我是非常反對的！

　　兩兄弟的年紀還小，未來的事誰也說不定，作為媽媽的我，目前就是只能用自己的親身經歷，提醒他們如果想要成為藝人，要先思考一下是否真心熱愛表演工作？如果本身很有才華又有熱忱，做藝人當然不是一件壞事，倘若只是想一夕之間爆紅滿足虛榮心，或是賺錢提高物質上的享受，這樣的出發點就會讓人價值觀偏差。

因為過往在闖蕩演藝圈時，我就是因為追求錯重點，才會不斷用外在的虛名，想要得到無謂的認同。名氣與快速得利的過程，很容易讓人的心產生偏差。

我們家附近開了一間新餐廳，某天運動後我去外帶便當，結帳時，年輕的店員問：「請問妳是藝人嗎？」店員看起來有點小興奮卻又叫不出我的名字，還非常熱情地給我打了折扣！

拿著優惠價的便當走出餐廳，我實在是哭笑不得，最近我常碰到類似情況，一方面安慰自己素顏邋遢時，還是有藏不住的星味，另一方面，因為沒有代表作品，本人的辨識度也越來越低了⋯⋯

同樣地，有很多年輕的藝人與網紅，特別是吾家小犬天天follow 的那幾個 youtuber，媽媽我一個也都叫不出名字。

世代在轉變，現在不用會唱歌、演戲、無需才藝，只要建個粉專，開個直播，人人都可以成為公眾人物，internet celebrity, KOL (Key Opinion Leader) 的崛起，走在路上，你我都是明星。

身為公眾人物所要付出的代價，不僅是站在馬路邊打哈欠，記得要遮嘴巴，而是你能帶給這個世界，什麼正能量？

包含網紅與藝人，現在有太多隨興的直播，充斥著漫無目的的開罵、哭哭啼啼的家醜，只要內容有梗，一種另類形式的記者會，隔天鐵定見報！不禁讓我想到一句話：「人生如戲，戲如人生啊！」

演戲不是應該在舞台上，不是應該在螢幕上嗎？從何時開始，公眾人物用私生活來當作表演的一部份了？

我也藉此警惕自己，工作時全力以赴，日常生活別讓明星光環成為了牽絆，這才是認真地過日子啊！同樣地，因著**我的公開言論與表現，不論影響力是大或小，願我都能成為一道光，照進任何一個黑暗的角落。**

鼓勵正在看這本書的你，你不用當明星、不用開直播，也能發揮正向影響力。也許是在職場上、家庭中、學校裡，溫暖的微笑、一句加油打氣的鼓勵，正確的示範，一個舉手之勞，發出更多道德與良善，那正是現今世界所欠缺的。

讓我們不論身在何處，都能發揮出那關鍵的影響力！

信仰

　　從小，你以為我就夢想自己成為大明星嗎？其實稚嫩的我，一心一意只想當個「服務員」～

　　在我還是小小孩的時候，我最喜歡玩的扮家家酒遊戲是「賣冰」！我把媽媽用來打麻將的籌碼，五顏六色一個個泡在不同的水桶裡，想像它們是各種口味的配料，在廚房裡拿著鍋碗瓢盆，忙進忙出，生意可好，紅豆冰、綠豆冰，一盤盤出冰，假想客人絡繹不絕，獨生女的本事，就是一個人很能自得其樂。

　　不曉得為何，年輕的我總是盼著能夠早早獨立，離開原生家庭。

　　就讀高中時，我常幻想去 KTV 打工，因為白天要上學，

只能上夜班，心想在 KTV 打工不但時薪高，而且聽說年滿 16 歲即符合任職資格，我差一點去應徵。

後來發現有航空公司在召聘空姐，心想空姐這份工作更高薪，又可以打扮得漂漂亮亮的環遊世界，多好！於是畢業前夕我開始積極投履歷報考，雖然在量身高的時候刻意墊腳灌水，最後還是沒進，與空姐工作無緣，唉！

現在回想起來，當時打工的目的，並不是為了滿足物質慾望，而是在潛意識裡的我似乎不想待在家裡，很想藉由自食其力，早日脫離現況，展開人生新篇章。

眼看高中即將畢業，雖然沒有升學壓力，家裡也沒有要我馬上去賺錢的經濟需求，但多少還是會思考未來何去何從？

命運的安排就是這麼奇妙！先前超想去 KTV 打工，後來因母親阻擋作罷；積極報考空姐，也因為身高不夠被刷掉。兩個我最積極投石問路的工作，最後都沒下文，反倒是隨興報名 MTV 的 VJ 選拔，竟然一路過關斬將，最後雀屏中選！

劇情回顧非常芭樂，但是保證真人真事，毫無虛構。我從國中開始因為熱愛西洋音樂，幾乎天天收看 MTV，對於螢幕上那些洋腔洋調、帥氣自信的 VJ，簡直是把我迷得團團轉！直到高三那年，同學的桌上放著一張文宣，眼尖的我瞄到上面

有著 MTV 的 logo，我興奮地問這是什麼？

報名表！這是報名表！得知當時 MTV 正打算舉辦一個台灣本土 VJ 的選拔活動，同學計畫報考，我毫不猶豫立馬跳起來說：「我也要去！」

MTV 的招考過程嚴謹，前後耗費了將近大半年的時間，總計有初賽、複賽，一路比到總決賽的時候，適逢媽媽送我畢業禮物，帶我去夏威夷玩，竟然就這樣錯過了參賽。但萬萬沒想到，他們還是破例讓我加入 VJ 的行列，回國後收到錄取通知，我就順理成章入行了。

人說，「計畫趕不上變化」，還真有那麼幾分道理。特別是，當上帝已經預備好要你走哪一條路的時候，轉個彎，還是會把你帶到那條路上，只是時間早晚的問題而已。

高中畢業就踏入演藝圈，我從未透過正常的管道進入社會，打從一開始就是有人在服務我，有人為我遞茶水，有人幫我化妝、打點衣服。我的人生從 19 歲以後的發展，無需適應團體，從來沒有鞠躬哈腰、看人臉色，也許你會認為我是得了便宜還賣乖，當了幾十年的資深藝人，的確得多於失。

但，如果現在你問我，人生最大的夢想是什麼？我會告訴你，其實我最想要的就是打造一座農場，我這個人超級喜歡動

物，兒時志願就是要當「動物園管理員」！

每天徜徉在大自然當中，無憂無慮地，那種反璞歸真的生活，光想起來就令人覺得好幸福喔！沒有心機、沒有競爭，動物們不會在乎你有沒有臉蛋或身材，口條或才藝，只要你對牠們好，牠們就愛你！

現在的我越老越宅，時常被兒子笑，媽媽是個「邊緣人」，一天到晚宅在家裡完全不社會化！哈哈，我覺得有挺有道理的，我未曾「上班過」，是要如何適應這個社會呢？偏偏我是個過動兒，在家也閒不住，就連我在拇趾外翻手術後，一般人可能會因為跛腳不方便，靜靜休養，我呢？我可靜不下來，我在家裡大搬風，重新擺放傢俱、整理花圃、試做新食譜，對我來說，付出勞力要比動腦簡單多了！重點是，我好喜歡！

現在雖然礙於為人妻、人母，還有很多責任未了，但在我心裡暗暗自許，有朝一日，當時機成熟了，我真的很想去完成這個夢想，清早撿雞蛋，下午騎馬放風，黃昏時賴在搖椅上，啜一杯紅酒，多愜意啊！到時候歡迎大家一起到我的農場玩！哈哈！

我時常在想，我是一個如此充滿活力的人，偏偏我又很不會人與人之間到眉眉角角，我彷彿像是一個五角形，硬生生被放在一個正方形的框框裡。

朋友們，還有什麼夢想在你心深處，等待你去完成？**仔細聆聽你內心那個微弱的聲音，別讓現實的困難與壓力壓垮了它，更別怕說出來會被人笑，人生是自己的，夢想是自己的，唯有「活出來」，才是實際。**

　　很多人都認為，阿帕契重創我的人生、事業，從此一蹶不振。的確，這不是一件風光的事情，但其實有很多時候，我真的很想拿個大聲公，跑到廣場大喊：「其實李蒨蓉現在很快樂！」（哈哈，本人真的很多內心戲）

　　印象很深刻，阿帕契事發後的隔年，注意喔，已經事隔一年囉！我去收費停車場停車，一位很久不見的管理員看到我，開頭第一句就說：「李蒨蓉，妳現在很慘ㄟ！」

　　生平第一次遇到這類的「問候語」，不知道該哭還是該笑，而且明明那時候因為靠著信仰，幫助我慢慢走出陰霾，壓根兒已經不覺得自己慘，面對這樣的好心安慰，還真不知道該怎麼解釋。如果當下我回應說很慘，好像是違心之論，如果說沒有

很慘，又不知該如何跟對方解釋，「現在的我很好」，反正怎樣回答都很奇怪，最後只能露出尷尬的笑，然後速速離開。

我想說的是，人生啊！很多事情的發生，究竟是福還是禍，其實是端看你用什麼角度來評斷！

前段時間到泰國曼谷旅遊，我帶著兩個兒子到公園騎腳踏車，那個公園很像一個熱帶叢林，類似像台北大安森林公園的大小，沿路種了很多椰子樹。我們母子三人騎著租來的腳踏車晃公園。車子前面有一個菜籃，正當我騎騎騎，一邊騎一邊享受沿途的風景時，「碰！」的一聲，突然間有顆椰子從天而降，不偏不倚就直直落在我的菜籃裡。

我當場嚇到尖叫！但驚嚇之餘又覺得好有趣，怎麼會有那麼巧的事情發生，而且也真的是好險，若是那顆沉甸甸的巨無霸椰子，稍微再晚個零點幾秒掉落，重力加速度，砸到的不是菜籃，而是我的頭，或是孩子們的腦袋，那下場可就不好玩了！頭破血流甚至腦震盪？

祝福跟災難有時僅是一線之間，就像是我們看待事情的眼光，也常常只是一念之間。以天降椰子的這件事為例，從災難的眼光來看，我大可抱怨說：「好倒楣喔！怎麼會有一顆椰子差點砸到我！」

但若轉個念，從祝福的眼光來看，我的想法就會變成：「感謝上帝保佑！還好椰子是掉到菜籃，沒有砸到我的頭！」有沒有發現只是換個念頭，帶出來的感受就差很多。

人生當中，有太多太多類似這種「天降椰子」的事情會出現，若是我們永遠只看到悲觀的那一面，那麼日子可能早就過不下去。反之，若是能從樂觀的角度切入，學習從事件當中看到祝福，那麼就算歷經風雨的打擊，也反而能夠讓你風雨生信心。

不久前，媒體爆料李蒨蓉老公積欠勞保費破百萬元，看似又是一樁負面新聞，看到跑馬燈出現自己的名字，這年頭，躺在家裡也中槍，司空見慣。

記者開始打電話問經紀公司，公司為了保護我，建議我可以選擇「不回應」，當下我毫不考慮，我堅持，一定要有個正面、真實的答覆。

先生的公司的確經營不善，積欠是事實，一定會面對債務而且正在償還中，也是事實，沒有什麼好推託。

說完之後，我感謝上帝，幫助我最後一層的偽裝也撕掉了！我不再是那個假想貴婦、過著豪門生活，我老公也不是什麼富幾代，我們就是一般人，我們也有經濟壓力、債務問題。頓時，我覺得好輕鬆、好自在！

信仰

很多人好奇，為什麼現在的我可以如此豁達？原因無他，就是已經從信仰當中找到真正的生命喜樂，而這種「無價的自在」，也一直是我很想要重新擁有的心境狀態。

　　記得小時候剛入行拍廣告時，曾經接拍一支「好自在衛生棉」的廣告。那時候我還是個素人，但透過廣告鏡頭的呈現，可以感覺到這個年輕女生充分表現出，好自在衛生棉想要訴求的「舒服和自信」。

　　短短 30 秒的時間內，我又清楚完整地介紹產品屬性，所以大家都覺得我的口齒很清晰，表現令人印象深刻。

　　時光久遠，這支廣告連 YouTube 上都搜不到了，我好想再看一遍，回顧當時的年輕、真實與自在。對比成名後的跑趴時期，我必須很努力的展露自己，甚至是偽裝，才能勉強獲得人們的肯定與認同，這兩者之間是多大的反差！

　　直到信主之後，我才得以重新體會到「好自在的人生」是怎麼一回事──以往在人前的我，總是刻意表現得很強勢、自信、帶有侵略性，我以為那是「王者風範」，但人生過得一點都不自在；現在的我，雖然變得沒那麼鋒芒畢露，但人生反而真的好自在！

　　人的一生必定有春夏秋冬，高山與低谷，爬坡的時候固然

辛苦，但是也不可能站在山頂上吹風一輩子，望過去是一座又一座的山頭，等待你去征服。

別讓成功沖昏了頭，也別讓失望走進心，無論身處何境，學會欣賞風景，才是真正的贏家！

　　有別於以往不計其數的登台經驗，這次沒有任何的偽裝，只有一顆真誠的心，我的人生首次見證會，位於桃園龍潭的興旺教會。

　　過程中，老公不但在精神上支持我，還用行動全程參與，身兼司機、攝影師，以及台上的詩歌伴唱，跟我一起見證這個榮耀的時刻。

　　沒有講稿、沒有彩排，上台前我可能是緊張到呈現一種「放空」的狀態，老公問我：「妳還好嗎？妳知不知道妳人在哪裡？」疑？一路被載過來，的確是有點距離，但是我也沒有想太多，我還問老公：「那我在哪裡？」，老公說：「桃園龍潭啊！」，我再問：「所以咧？這裡是阿帕契基地啊！」──

2015 年 3 月 29 日，我在阿帕契直升機前面拍照打卡的地區。

那天我從成長背景開始娓娓道來，一直分享到了婚姻經營和母女關係修復，台下弟兄姊妹們專注聆聽我的生命故事，時而點頭如搗蒜、時而感動落淚，生平第一次，我感覺到自己和一群陌生人的心，如此靠近！

當初教會發出邀請時，還怕因為地點太敏感，被我拒絕，結果竟然是我神經太大條，壓根沒有聯想，從教會到基地只有十分鐘的距離！

人生沒有偶然，每一件事都有神最好的安排！真的不得不說，我的上帝真是一個可愛的神，三年前我在桃園龍潭打卡引發軒然大波，三年後我帶著一顆重生的心，在相同的地點，公開展示自己的新生命！

這幾年，我也陸續透過一些方式與過往的自己了結。

前段時間，我一個人開車回到小時候的老家，但不知道是附近的街道改變了，還是兒時的記憶已經模糊，繞來繞去，怎麼樣就是找不到當時住的那棟建物大樓，隱約站在一排大樓前，細看到底哪一棟才是我的家。

重返老家的這段懷舊旅程，讓我回想起小時候有次沒帶家

裡鑰匙，媽媽又不在家，才就讀小二的我，當時還沒發明行動電話，不想蹲在路旁，只能一個人從台北市大安區樂業街走走走，花了三十分鐘走到仁愛路的國泰醫院附近去找表姊。那時的台北街道不像當今熱鬧，人小的我也沒在怕，走到表姊家的時候，阿姨還很驚訝我是怎麼走過去的。

表姊跟我一樣都是獨生女，我們情同親姊妹，就連我的初經報到，一樣家裡沒大人，我也是跑去表姊家求救，驚慌失措大喊：「我流血了！」

循著腦海中的記憶，那天我用開車的方式，陪當年那個小二的自己，再次重溫了一遍這段路線。沿途中，我一邊開車一邊哭，一直哭、一直哭，突然間我明白了，原來人前好強的李蒨蓉，小時候因著成長環境的歷練就已經被迫獨立，以至於長大以後，無論遇到的處境再糟，都想要靠自己死撐下去……

哭是因為不捨，也是因為心疼從小到大那個早熟的自己！好強的個性，雖然讓李蒨蓉的人生很早就獨當一面，並且擁有一定的事業舞台，但也因著好強，讓她付上了在阿帕契事件中，身敗名裂的代價！

回頭想想，人生啊！有時真的是成也蕭何、敗也蕭何！

但無論如何，過往鬧得滿城風雨的那些荒謬之事，如今都

已經是人生的過去式。為了向那些年的自己告別，我甚至連身分證上的姓氏都一併改了！

我的生父姓趙，所以真正的本名叫做「趙蒨蓉」，直到國中媽媽改嫁給繼父，為了顧及繼父感受，才在十幾歲的時候跟著他們一起上法院，把名字改成「李蒨蓉」。

即便在媽媽與繼父離婚後，堅持要我繼續姓李，一方面是氣我的生父從未照顧過我，另一方面是覺得我是在改姓李之後才變成明星，代表「李蒨蓉」這個名字比較好運。

但再怎麼說，「李蒨蓉」這三個字，終究只是一個因應明星光環，刻意經營出來的一個品牌，並非真正的我。再加上，媽媽都跟繼父離婚了，我的身分證上卻還冠著繼父的姓氏，兩人又沒血緣關係，怎麼想都很怪，所以某天我就自己一個人，走了趟戶政事務所，把身分證上的李蒨蓉改回「趙蒨蓉」。

改完之後剛好過農曆年，我跟父親家那邊的大、小姑姑一起聚餐，席間，我拿出身分證給她們看，說我已經回歸本姓，印象很深刻，小姑姑當場感動到直掉眼淚，我也跟著哭成一團。

雖然從小被生父拋棄，媽媽鮮少在家，我彷彿總是一個人很孤單，感謝上帝讓我明白，我可以選擇停止活在自憐、怨恨的光景中，我值得更多人的愛！

　　　　　　　　　　　　　　　　　信仰

過往那些錯誤的、難過的，我都決定不再回頭看了，就是一刀剪斷，才能繼續往前走

　　《聖經》上說：「一宿雖然有哭泣，早晨便必歡呼！」，歷經了這段峰迴路轉的人生旅程，沿途雖有哀傷痛悔之時，但也因此讓我認識了真正的自己，並且慢慢回歸初心，重拾好自在！

　　現在我時常遇到在核對證件時，對方不知道該叫我趙小姐還是李小姐，我可一點都不尷尬，你叫我什麼都行，**因為有了上帝，我很清楚自己是誰！**

永遠勾不完的
人生清單

　　我常會在健身房一邊踩滑步机一邊看電視，有次剛好看到《波登不設限》這個旅遊兼美食節目，當下覺得有點鬼打牆，心裡想主持人安東尼・波登不是自殺了，怎麼還會有他的節目？後來才又看到螢幕上打出「最終章」，算是有點在紀念他的意味。

　　那天看著電視裡的波登，心裡不免惋惜。我蠻欣賞他的，一直覺得他是一個很有個人風格、講話不會遮掩做作的主持人，感覺很會享受生活。曾經夢想當空姐四處環遊世界的我，以前看節目也曾經想過，如果我是他，擁有一個可以遊山玩水又吃好喝好的夢幻工作，我應該就什麼都 OK 了吧！

從小我就懷有一個「美國夢」。

當其他同年齡的小朋友都還在聽本土兒歌，我就在聽美國的西洋歌曲，就算沒英文底子，不曉得歌手在唱什麼，我也會打開歌詞想辦法照著唸。後來媽媽有遠見送我去上兒童美語，我就這樣慢慢學會說唱英文，所以英文程度算是有點贏在起跑點。

國中畢業，我的英文程度已經比同儕勝出許多，我超想出國，媽媽卻沒計畫送我到美國唸書，反倒安排我進入國光藝校就讀，預備往明星之路前進，為此，我跟母親鬧出許多不愉快。實際上，那時我對於當空姐的興趣遠大於當明星，趁著畢業前夕，我想那就乾脆去考考看，心想搞不好主考官見我英文不錯、長相也算出眾，就真的讓我錄取。

更好笑的是，因為我的身高不夠，量身高的時候還偷吃步，用墊腳的方式為自己多加了幾公分。結果呢？當然還是沒考上囉！不然我早就雲遊四海去了，不會在這裡，更不會成為你現在認識的李蒨蓉。

到現在，我還是有著崇洋媚外的美國夢，我覺得老外男生就是比較帥，我羨慕 ABC 講的英文標準又好聽，就連美國的空氣都比較好！

有句英文俚語這樣說 The grass is always greener on the other

side （對門的草皮總是比較綠），中文意思是，捧著自己的碗，覬覦別人的碗。

偏偏波登的工作人人稱羨，但一個在我眼中擁有夢幻工作的人，最後還是選擇自殺，放掉令人羨慕的一切，也讓我不禁感慨，人的一生到底是在追尋什麼呢？

像波登這樣看似什麼都有的人，連他都找不到生命滿足，可見多數人看以為重的那些外在追求，並不能作為真正的心靈歸屬。人的內心慾望是永無止盡，宛如一張永遠勾不完的人生清單，即使成功勾選了第一項，還是會再萌生第二項、第三項⋯⋯

這就好比，我的床頭邊有一個小筆記本，每天躺在床上睡著以前，只要一想到明天醒來要做什麼，像是要添購家用品之類的⋯⋯，我就會馬上起身動筆寫在本子裡。不然就是因為掛心工作的事，一有靈感出現，或是想到某件事情該怎麼做，我也會趕快提筆寫下來。

《聖經》馬太福音 6 章 34 節上說，「不要為明天憂慮，因為明天自有明天的憂慮；一天的難處一天當就夠了」起初會這麼做，是為了幫助自己睡前腦子裡不要裝一堆胡亂思緒，所以藉此養成習慣，以便每天早上起來打開本子就知道今天要做什麼事情。

信仰

可是漸漸地我發現，自己常會在躺下來以後，一想到什麼就起來寫一個，寫完躺下沒多久，就又因為想到新的點子或待辦事項，再度爬起來、開燈、再寫一個，結果把自己搞的好忙，倘若這種情況夜夜上演，那我根本是失眠！因此我深刻體悟到，如果沒有要求自己刻意放下或是停止思考，人生的慾望清單和待辦事項還真是沒完沒了啊！

從這個角度再來理解波登的尋短，或許可以說，縱使走遍大江南北、功成名就的他，人生清單上面已經有很多事項被打勾，代表得到了或是達成了，但往下看，其實還有更多更多尚未打勾的人生清單，讓他因此對未來感到無力、對人生感到不滿足。這也代表很多事情往往不是我們想像得那麼單純，若只停留在事件表面，就看不到真相。

人生列張清單，讓自己生活有個目標是好事，但是我們必須要有個清楚的看見，某件事情達標了，也許只能提供一時的快樂與成就，但是無法達到一生的滿足，**別被一長串的人生清單追著跑**，不得喘息，而且某些事情你可能一輩子無法打勾，你要因此奠定自己的生命了無價值嗎？

唯有心靈上的平安，才是真踏實！生命真正的滿足，不在於吃喝什麼，去了哪裡，做了什麼，人生的清單永遠勾不完，倒不如從羅列的細項中掙脫，單單活出我們被創造的目的。

　　近年來風行「斷捨離」，剛好家裡必須替換傢俱，我花了好長的時間重新整頓居家環境，過程中挖到不少「古董」，沒有一個值錢，沒有一個驚喜，通通都是驚嚇！

　　堆滿灰塵的錄音帶、錄影帶，請問現在到哪裡去找播放的機器？發霉的枕頭噁心到不行，款式過時的太陽眼鏡，戴起來像是摸骨算命……哈哈，一拖拉庫說不完有的沒有的「無用品」，偏偏以上這些通通都是老公的「收藏」，為了是否要丟棄，我們倆個激烈爭執。

　　當然我是堅持要丟的那一個，反觀我自己，倒是有一落多達五大本資料夾，本本厚達 15 公分的剪報，還有四大箱的照片，裡面竟然還有好多張已褪色的拍立得，真是懷舊啊！

照片幾乎大部分都是踏入演藝圈的工作紀錄，從 17 歲第一張 MTV 的宣傳照，我看見剛出道的稚嫩，無數個通告側拍，連我自己都驚嘆，原來我有做過這麼多事！上山下海外景主持、訪問國際名人，我竟然還拍過古裝片、演過台語劇呢！一張張的跑趴照片，我看見用物質堆疊出來的華麗假象，還有更多一張又一張夜夜笙歌的私生活，我則是看見一種放肆、揮霍度日、糜爛又叛逆的生活態度。

這一路走來的「成長過程」，回憶幕幕湧上心頭，手中拿這些舊照片，照著鏡子我輕輕地問自己，那現在的我，是什麼？

朋友勸我那些美美的雜誌封面、泳裝照片、報紙半版的採訪要留下來，我說留下來做什麼？一張張疊在那，好讓蟑螂下蛋？那要不掃描成電子檔案，存在雲端永恆留念？我喊出掃一張給一百的價碼，竟然沒有人要做這差事！

於是乎我慢慢整理舊照片、剪報，一一道別過去的狂妄、青春、甜蜜、苦澀。

回首來時路讓我思想，表演工作我好像嘗試了很多不同層面，卻沒有一件事值得被紀念，金鐘、金曲、金馬獎，我通通沒有得過，手中唯一的獎，是參加馬拉松的陪跑獎牌。

該丟的都丟了，不該丟的我也丟了！就連陪跑牌我也丟了，免得常常砸到腳！看著整齊的家瞬間變寬敞，心中油然一股爽感！

那「心」呢？如何讓心變得更「輕省」？

某天，我們家小兒子拿著一本厚厚的英文書，上面寫著「人生哲學」，一臉賊樣來問我：「媽媽，如果妳有8萬6千4百元，但是不小心掉了4百，妳會放下8萬6，去找那4百嗎？」

有陷阱！聽起來像是個腦筋急轉彎的問題

母：「400也是錢，難道不能把8萬6放在身上，再去找那400嗎？」
子：「不行，妳只能擇一！」
母：「那當然就算啦！何必為了小錢跟大錢過不去！」

原來這是兒子要分享的「人生哲學」，每一天有8萬6千4百秒，人生別為小事卡在胡同裡，別讓一件4百秒的事，引響了你8萬6千秒的好心情。

《聖經》說：「忘記背後努力面前，向著標竿直跑」，我不僅要拋開那些難過的、傷心的、羞愧的，我更要放下所有我

曾經引以為傲的，過往那些名氣、所賺取的金錢、認識哪些權貴的人際關係，沒有一個值得誇口、沒有什麼好棧戀。

時間是一條直線，沒有暫停、沒有倒退，只有分秒滴答不等人，走不出創傷就是永遠的受害者，沈浸在過去的榮耀，眼光就無法向前看，我選擇跟著時間「向前走」（感覺林強的歌都快唱出來了！）

現階段的工作主要是接業配，經營美妝電子商店，賣一支口紅賺二十元，以上這些只為糊口飯吃，當然得不到獎，感覺上，雖然我依然什麼都不用是，但我不會再為了想要「是什麼」，而刻意去做「什麼事」。

我不再是今朝有酒今朝醉，我是活在當下認真過日子，我感謝每一個工作機會，我更深刻體會每一次的工作經歷，演什麼、像什麼，哪怕是工作項目瑣碎到要自己拍片、剪片，我都樂在其中。

當然，我也期待突破，倘若不繼續「往前走」，停留在原地如何突破？小雞要破殼而出，胎兒出世要經過產道，都需要「過程」，過程也需要「時間」，孵蛋時要有耐心，渡小月時不要自憐自艾。

每個人走到人生某個階段，多少都會面臨到瓶頸，都需要

有一個突破的點。感謝上帝，一件看似重創我人生的打卡風波，**卻讓我的生命經歷了前所未有的突破，我學會了重新站立，用全新的眼光看待壓力、面對挑戰。**

有一個突破的點。感謝上帝，一件看似重創我人生的打卡風波，卻讓我的生命經歷了前所未有的突破，我學會了重新站立，用全新的眼光看待壓力、面對挑戰。

人生起起伏伏，一個浪頭過去也只是片刻的寧靜，驚滔駭浪其實並不可怕，上帝的愛讓我無所畏懼，我深信風雨讓人更生信心！

我很感謝打了這針「阿帕契疫苗」，在面對未來必經的風浪時，我已經有了很好的抵抗力！

信仰

玩藝 091

美麗 心覺醒

一堂價值上億元的生命成長課，一份天上掉下來的無價贈禮。

作　　者 —— 李蒨蓉

文字整理 —— 魏棻卿

美術設計 —— 季曉彤

責任編輯 —— 汪婷婷

行銷企畫 —— 田瑜萍

授權出版 —— 磐石製作有限公司

藝人經紀公司 —— 艾迪昇傳播事業有限公司

總編輯 —— 周湘琦

董事長 —— 趙政岷

出版者 —— 時報文化出版企業股份有限公司

　　　　　108019 台北市和平西路三段 240 號 2 樓

　　　　　發行專線 —— (02)2306-6842

　　　　　讀者服務專線 —— 0800-231-705　(02)2304-7103

　　　　　讀者服務傳真 —— (02)2304-6858

　　　　　郵撥 —— 19344724 時報文化出版公司

　　　　　信箱 —— 10899 臺北華江橋郵局第 99 信箱

時報悅讀網 —— http://www.readingtimes.com.tw

電子郵件信箱 —— books@readingtimes.com.tw

法律顧問 —— 理律法律事務所　陳長文律師、李念祖律師

印刷 —— 盈昌印刷有限公司

初版一刷 —— 2020 年 3 月 20 日

初版三刷 —— 2020 年 12 月 25 日

定價 —— 新台幣 360 元

（缺頁或破損的書，請寄回更換）

美麗 心覺醒 / 李蒨蓉作 .-- 初版 .-- 臺
北市：時報文化，2020.03
　　面；　公分 .-- (玩藝)
ISBN 978-957-13-8131-2(平裝)

855　　　　　　　　　　109002881

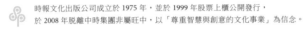